Vassilis Alexakis
PAPA

爸 爸

[法国] 瓦西利斯·亚历克萨基斯 著 刘璐 译

人民文学出版社
PEOPLE'S LITERATURE PUBLISHING HOUSE

著作权合同登记号　图字 01-2017-3765

PAPA

by Vassilis Alexakis

© Editions Stock，2011

图书在版编目(CIP)数据

爸爸／(法)瓦西利斯·亚历克萨基斯著；刘璐译.
—北京：人民文学出版社，2017
（短经典）
ISBN 978-7-02-012831-0

Ⅰ.①爸… Ⅱ.①瓦… ②刘… Ⅲ.①短篇小说-小说集-法国-现代　Ⅳ.①I565.45

中国版本图书馆 CIP 数据核字(2017)第 107014 号

总　策　划　黄育海
责任编辑　甘　慧　何家炜
装帧设计　张志全

出版发行　人民文学出版社
社　　址　北京市朝内大街 166 号
邮政编码　100705
网　　址　http://www.rw-cn.com
印　　刷　山东临沂新华印刷物流集团
经　　销　全国新华书店等
字　　数　70 千字
开　　本　889×1194 毫米　1/32
印　　张　3.25
插　　页　3
版　　次　2017 年 8 月北京第 1 版
印　　次　2017 年 8 月第 1 次印刷
书　　号　978-7-02-012831-0
定　　价　25.00 元

如有印装质量问题，请与本社图书销售中心调换。电话：010-65233595

SHORT CLASSICS
短经典

目 录

001 | 前言

001 | 爸爸
013 | 亚尼纳的女儿
025 | 标本师
039 | 决赛
047 | 摇摆马
059 | 美丽的伊莲娜
071 | 普拉蒂尼的任意球
075 | 左嘉
085 | 阿拉斯加鳕鱼
089 | 镊子
095 | 热气球

献给让-马克

前　言

我不是一个懒人。像所有移民一样，我不得不努力工作，以对得起让我容身的法国。学法文也让我费了很大功夫。语言很像是要求很多又很爱吃醋的老情人。在我最初几本用法文写作的书里，我很少提及希腊；我尽量避免回忆过去，好让自己在这里更好地被接受。的确，我和法文的关系有了一些进展。现在，即使我在希腊待上一段日子，它也不会闹我，在我重新回到它身边的时候，也不会为难我。语言最终适应了我，就像我当初适应它一样。

我不否认，每隔一段时间，我就强烈感觉到需要在床上躺上一天——或者两天，很少很少的时候要三天。我在这段时间并不是什么都不做：我会喝咖啡，做些白日梦，抽抽烟，然后看着袅袅的烟雾上升到天花板。像这样无所事事还有看着天花板发呆对我的工作很有帮助，做这些事情能让我静下心来，好好思考我小说里的主人公，靠近他们，触碰他们。总之，哪怕是我什么都没做，我也会假装自己在工作——而且是高强度的工作，以至于我从床上下来的时候，经常是筋疲力尽。

我小的时候就对我的床很着迷。我总是告诉大人自己好累，为的就是能够获得批准，到床上躺着。床给了我全身心做自己最爱的事情的可能性，阅读和画画。我常常读一些侦探小说，连环画，也画一些长相邪恶的人物，还有穿彩色裙子的吉卜赛人。我记得还画过一个在雨里穿行的金发女孩。我那时候就已经梦想来法国了吗？我不确定，但我深信，如果我小时候再体弱多病一点儿的话，会读更多的书。多亏那次阑尾炎手术，我才读了《呼啸山庄》。如果我的手术再大一些，或许我就读了《悲惨世界》或是《神曲》。

我对爱情游戏的兴趣主要是因为它们是在床上进行的。我是不是恋上我的床了呢？是的，至少，我恋上的是我的枕头。它给予我灵感，让我每晚都能够重新塑造属于我但又不完全是我的那一张张脸。

爸　爸

在文森树林的树荫下,我正在安静地读报纸,突然传来了一个小孩儿的声音:

"你要过来玩球吗?"

这是一个差不多七岁大的小男孩儿,金黄的头发卷卷的。

"哦,"我犹豫了一下说,"其实我并不太想踢球。"

"那太可惜了。"小男孩儿转过头,背对我,踢着他的球慢慢走远了。

他邀请我一起踢球,还让我挺惊讶的。他看起来有点无聊。这个时候,树林里几乎没什么人了,在我附近,已经完全看不到人影了,除了这个穿着彩色及膝长袜的小男孩。

太阳快落山了,已经隐约可以感受到夜晚的凉爽。我重新开始读报纸,看看体育版,没什么关于足球的,我瞧了瞧最近的新电影,又跳到经济版面,最后,我的目光锁定在"伏尔泰大道上的枪击案"。

我快读完这篇新闻了,突然,同样的声音又想起:

"我饿了。"

小男孩站在离我一米远的地方,左脚踩在足球上,眼睛盯着地面。他的小脸很俊俏，不胖不瘦，睫毛长长的，头发完全遮住了额头。

"你应该去找你的父母。"我对他说。

他看着我的眼睛，突然笑了起来。

"怎么了？"他的笑让我有点不快，我收起报纸，站起身，提了提上衣的拉锁，"好，我要走了，再见。"

我还是犹豫了一下，没马上动身离开，我不能把他一个人留在这里；可是，他的父母在哪儿呢？天马上就要黑了。

"你不去找你的父母吗？你是跟你妈妈来的？"

"什么呀！是我们一起来的呀，爸爸！"

我看了他一会，不知道要说什么好。他也不笑了，眼睛无辜地盯着我看。我尽量让自己温柔地对他说：

"你是叫我爸爸吗？"

他似乎对我的问题不感兴趣，"我们走吗？我冷了。"

"天啊，你要我带你去哪儿啊？"

"回家啊！"

他几乎是喊出来的，像是被我的态度激怒了。

"听好了，小家伙，"我对他说，"你可别闹脾气，否则，我也要生气了。我可以送你回家，不过，你得告诉我你家在哪儿啊？你这么小，不应该是自己来树林的，对吧，告诉我，你跟谁来的？"

"和你呀，爸爸！"

他是疯了吗？有这么小的疯子吗？或许，这只是一场恶作剧？可是，这是什么样的恶作剧呢？他自己在树林里迷路了，很好解释他来到我这儿，因为旁边没有任何人。如果旁边有个保安，我也能问问他该怎么办,可是没有啊。

"我们向那边走,"我对他说,"没准儿还能碰到什么人。"

他跟在我后边,走得很慢,因为我听到他偶尔小跑几步追上我。我脑子里想着以前别人跟我讲过的关于小孩儿走丢的故事,眼前突然浮现出一个画面:一个小孩子在黑夜的深处遥望着一扇有亮光的窗户,我停下来:

"你应该就住在附近,你自己来的树林,对吧?"

他左胳膊夹着足球,右手拿着一根树枝。

"说话呀。"我快没耐心了。

"我冷了,爸爸。"

我能感觉到他好想让我把他抱起来。我脱下外套,给他披在肩上。双膝跪地,和他平视着。

"我不懂为什么你叫我爸爸,我不是你爸爸。我才二十二岁,二十二岁是不可能有你这么大的儿子的,懂吗?"

我们继续走着,我还是看不到任何人。我应该拿这小孩怎么办呢?他爸妈应该是回家了,他们有可能已经报警了。

"你住哪儿?你知道你家那条街的名字吗?"

"加布里埃尔街。"他回答的声音几乎听不见。

我希望他没有弄错,加布里埃尔的确听起来像一个街名。

"好,太棒了,我们一会儿打一辆出租车。"

我们继续走着,我在前,他在后。天上还残留着一点儿光亮,但树林里几乎已经全黑了。我感觉,刚才还清晰听得见的城市的声音变得微乎其微了,是走错方向了吗?希望不是,我们一会儿一定要找到马路和一辆出租车。我已经能想象得出他爸妈见到我们一定特别高兴。我希望他们能给我报销出租车费。不管怎样，能摆脱掉他们的儿子，我会很高兴的。

"我们马上就到了。"我对他说。

他听到我讲话了吗？我向右一瞥，发现树丛中间停着一辆没有打任何灯的车。我想象一对情侣正在车的后座上做爱。我也有点冷了，离车差不多五十米开外，就到柏油马路了。

"我们就只能等了。"

他坐在马路沿上，开始吮大拇指。

"你累了吗？"

他点点头，又看看马路对面绵延的树林。我回家之后该做什么呢？我会吃一个炒蛋，然后上床睡觉。如果我还有勇气，我会躺在床上复习下文学课，还要听听广播什么的。总之，我要躺在床上舒舒服服的。如果这小孩家没人怎么办？那我就把他交给门卫或者警察。就这么办。来车了，是出租车！

"来车了。"他也一下子跳起来。

我向司机挥手示意，他没停，车里已经有一个乘客了。路灯刚刚亮起，差不多每三十米有一盏，灰蒙蒙的灯亮照不清楚什么东西。小男孩一直站着，等着下一辆车的出现。

"你叫什么名字？"

我感觉他有点异常，他的嘴唇抖着，突然向我怀里扑来，球也滚到了地上，他的两只小手紧紧地抱着我，好像在哭，我摸了摸他的头。

"你不想告诉我你叫什么名字吗？"

"可是，爸爸，你知道我的名字啊！"

他真的哭了。

出租车！啊，终于有车停下来了，我赶忙捡起地上的球，抓起小不点儿的手，跑向出租车。

"加布里埃尔街。"我对司机师傅说。

如果他假装不知道怎么办？如果这条街不存在怎么办？我心里乱打鼓。还好，司机什么都没说。车启动了。我的心放到肚子了，坐得也舒服。小男孩把头枕在胳膊上，斜躺着占了后座一半的位置，闭着眼。我把他的球放到我的膝盖上。车向北驶去。过了圣芒德，我们上了环路，继续一路向北。现在离我家越来越远了，唉，真倒霉。车的仪表盘上显示的时间是二十点二十二分。

车在丁香门出了环路，我们绕过转盘，终于进了巴黎市区。小男孩直起身来，透过车窗向外看。我好想问他，"你认得出这个地方吗？"可是话到嘴边还是咽下去了。车向右转弯，我试着看清街名……没错，就是加布里埃尔街！

"你家房子在哪儿？"

"就是那儿，有禁行标志的那儿。"

我于是对司机说："麻烦您停到那里，有禁行标志的那儿。"

"我刚才听到了。"司机回答道。

这是一幢还挺新的大楼，比塔楼矮一点。我本来还预想会看到街上停着警车，好多警车，甚至有穿着睡衣的人走来走去，结果大楼门口空无一人。

"你家几楼啊？"

"五楼。"

我心里又开始犯嘀咕：我要不要就把他留在这儿，然后走人呢？要不，我让他自己上去？这也没我什么事了。我也一点不想见他家长，那样还要耽误时间给他们讲发生了什么。我觉得这个玩笑已经够扯的了，我想回家了。我感觉做了一件既不愿做又超出了我能力范围的事，非常累。我隐约感觉像是自己走进了什么圈套。我尽量不看那小孩儿，小朋友真让我受不了。我拽着他的胳膊，电梯门开了。"走。"我对他说。

他进来后，我就按了下五楼，一直我拿着球，我的心怦怦地跳得很快。

终于到了。小家伙径直向门跑去，踮起脚，按了门铃。

一位女士给我们开了门。她四十岁上下，穿着一件紫色底白碎花的居家服，头发卷卷的，长得还不错。她抱了抱小男孩，并没表现出什么特别的激动或欣喜。

就只说了句："你应该饿了吧。"

她似乎没注意到我的存在，就返身进了房间，不见踪影了，小男孩也跟着她进去了，门敞开着。

我就站在那儿，能看到客厅的一角，一个旧手提箱，白地毯，我就这么等了一会儿，还没人理我，于是我探着身子向屋内喊："女士，麻烦您出来一下好吗？"

她过来了。

"是这样子的，我要走了，我觉得您至少得跟我说声谢谢吧。"

她看样子像是觉得我很好笑。

"为什么要对你说谢谢呢？"

"我必须要说明白，我并没有义务要把您的小孩送回来！我还有别的事情要做，知道吗？"

"你怎么啦？"

"还有，我并没有准许您对我以'你'相称，算了，再见。"

我拉上门，按了电梯，听到身后门又打开了。

"听着，能不能请你别闹了。"她很无奈地说。

我转过身，"这位女士，能麻烦您说清楚我闹什么了吗？"

"你小声点儿，邻居们要听到了。"

"这又不关我的事，我跟您说过了，不要对我以'你'相称，讲得还不够明白吗？"

"让，你有完没完？"

她小心翼翼地走向我。

"你怎么会知道我叫什么？"

这时，她已经站在我身边了。我们面对面打量对方，我几乎可以确定，没见过这个人。

"当然了，让。"

我想她有可能是我妈妈的朋友，我小时候见过？另一个念头闪过：她该不会是经常这样故意把小孩扔到树林里，然后假装认识送小孩回来的男人吧。如果是的话，她又怎么猜出我名字的呢？

"我们进屋谈好不好？"这女人邀请我进屋，我进去会有什么危险吗？她应该不会不让我走，我比她高一头多。我也很想知道她是怎么猜出我的名字的。

于是，我们一前一后进了她家的客厅。一个书架占了半面墙。书架旁边是沙发，或者可以说，是盖上了橙色沙发套的小床。

"你坐啊。"她怯生生地对我说。

我抑制住内心的不快,尽可能镇定地对她说:"为什么您总是对我以'你'相称呢?"

我这时才发觉,她居家服里头好像什么也没穿。

"我想我对你讲话就没用过'您'这个字。甚至连第一次见面的时候都没有用!"

"您确定我们以前见过面?"

她突然笑了起来,就像刚才在公园那个小孩一样,笑得前仰后合,直不起腰。她绝对是个疯子,她的小孩也是。她坐到小床上,用手背擦了擦笑出来的眼泪。

"当然喽,我确定,百分之二百确定!"

此时,小男孩也过来了,"妈妈,我吃饱了。"

我看到他下巴上还有番茄汁。

"快先去擦擦嘴,然后自己换上睡衣。"

"好的,妈妈。"

小男孩又走开了。他连看我一眼都没看。

"您疯了,绝对是疯了。"

"你可以对我用'你'吧,毕竟结婚十五年了,我觉得应该可以不用敬称了。"

我们的对话似乎让她乐在其中。我也不禁挤出了个微笑:"哦,我们结婚十五年啦。够长的嘛。"

"确实够长啊。"

"整体上来说,我们相处得还好吗?"

"还行吧,倒是从来没上演过什么暴力戏码,如果你问的是这个。你过你的,我过我的,我们几乎没什么交集。"

我肚子开始有点饿。小男孩刚才吃的是什么呢？饺子？这女人一直假装是我老婆，也应该问我要不要吃嘛。

"那你对我这个'丈夫'哪里不满意呢？"

"你不太爱参与家庭生活吧。每次让你照顾会儿帕特里克，不出五分钟，你就烦了。你总是因为一些小事大骂他：忘记关水龙头，把玩具乱扔在过道里，或者是穿衣服穿得不够快。你总是希望没人烦你，我们三个人几乎从来不在一起吃饭。"

"我们就一个孩子吧，希望是？"

"对。"

她点了一支烟，又俯身把火柴扔到白色地毯上的烟灰缸里，神情似乎有点惆怅。

我打破这种有些莫名悲伤的沉默："如果我会结婚，搞不好我会很像您描述的那个人。但目前，我还没这个打算。我不想要小孩，不想为赚奶粉钱奔命，不想成为任何人的奴隶。我还不着急变老。我现在这样挺好，您懂吗？"

"可怜的让。"

我没有必要问她怎么知道我叫什么的，她肯定会说因为我们是夫妻，这太正常不过了。她应该是随便选了个名字，而且刚好让她猜中了。我的名字太常见了。有可能她的丈夫，那小孩的父亲也刚好叫让。我的目光偶然落在书架上的一张照片，照片里是一个四十来岁、差不多有四十五了的男人，秃顶，没胡子，也没戴眼镜。他应该就是这女人的老公吧。这种长相的人大街上太多了。我有一天会不会也长成他这样呢？非常有可能。我最近就已经开始掉头发了。

天啊,这个奇怪的女人现在是在用同情的眼光看着我吗?我不敢告诉她,就算我打算结婚,也要娶一个跟我差不多大的女孩,不会找一个四十岁的女人。

我起身准备离开,"这场闹剧演得也差不多了,我要回家了。"

我现在已经不想回家复习功课了,好累。

"你家是哪里呢?"

"我住在意大利广场旁边,在一个小……总之,离学校不远。"

她坐在那张沙发床上,静静地看着我,像要把我看透一样。

"那条街叫什么呢?"她突然问。

她为什么要问我这个。我感觉自己的脸开始涨红,像是在考试一样。

"您为什么这么问呢?"

"就是问一下,你不记得了吗?"

我当然知道自己住在哪条街,街角有个教堂,还有个叫"在云端"的小咖啡馆,还有,还有一间汽车修理厂……可是,路边有树吗?突然,街的名字在我脑中闪过:

"是索尔菲雷诺大街!"我兴奋地喊道。

"我认识你的时候,你就住在那儿……墙纸是小碎花的……床简直不能再小。"

"没错,我还住在那儿,女士,这是我的钥匙。"

"这是这儿的钥匙。"她平静地说。

"卫生间在哪里?"

"可怜的让……"

"卫生间在哪里?"我几乎是咆哮地喊出来。

她脸上的神情先是被吓了一跳，随即用厌倦的声音说："在走廊，第一个门。"

我急忙奔向走廊，冲进第一个门，在墙壁上乱摸灯的开关，找到了，洗漱台上有一面镜子，我看到了自己……让我担心的事情发生了：我正是照片里的家伙。

亚尼纳的女儿

一团烟雾在乒乓球桌上方定格,消失。我坐在屋子另一头的办公桌后,此刻,我并没有抽烟。乒乓球桌上摆着一卷已经用了差不多的卫生纸,一个球拍,莉娜的照相机,还有一个我应该还给格里斯母亲的塑料盒。几天前,她用这个盒子给我带了些鹰嘴豆的汤。我盯着前方,想着另一个球拍在哪里,而且怎么乒乓球也没影儿了。昨天晚上,我和瓦索打乒乓球,谁也没赢谁。快到午夜了,莉娜才来,在这儿过了夜,刚刚离开。

我在听《意大利的土耳其人》,这是一部特别欢乐的歌剧,由罗西尼作曲。讲的是一个土耳其人疯狂爱上了一个已婚的意大利女人,并打算把她买下来,女人心平气和地跟他解释,在意大利没有这种买卖。事实上,我对歌剧并不太上心。我的心思游离在别处。我感觉那团烟雾正在移向敞开的阳台拉门。现在其实还挺冷的,但我并不愿意起身去关。莉娜白天应该会回来取她的相机吧。

按理说,我现在应该准备下一期节目了——海商部部长要做客我们台。或者,我应该在给《投资者》杂志写专栏了。我现在做的事情让我很惊讶,因为我平常不太习惯把自己的一言一行交代出来。我正在用铅笔写作,这让我更惊讶:好久以来,我已经完全用电脑写文章。也许，此刻我用铅笔写是因为我对写的内容不重视吧，因为我早就想到，我会很快把它揉碎扔进废纸篓。扔的时候，也许一小片纸会落到地上，我低头捡它的时候，刚好有人敲门：搞不好就是萨乌拉，那个自称是我的女儿，昨天又没有赴约的年轻女孩。

一周前，她打电话到报社找我。电话中，她说已经关注我好多年了，她看我的电视节目，读我写的文章，"您一定是搞错了，小姐。"尽管我一遍又一遍地对她这样说，她还是坚持要求见我一面。"您该不会是从亚尼纳来的，又跟我来这一套吧。"事实上，我的确是在亚尼纳服兵役的时候认识她妈妈的。我那时二十二岁。现在这个女孩是十九岁。"您真的连和我喝一杯咖啡都不行吗？"我最后还是同意了。我约她昨天早上十一点在克罗克咖啡馆见面。

我带上奥赛阿陪我同行。不是因为我觉得需要个证人，而只是为了避免谈话变得一把鼻涕一把眼泪。奥赛阿是一个非常合适的人选，或许是因为他是个喜剧演员的缘故吧。我们提前很久就到咖啡馆了。这儿人非常多，特别是周六早上。我们在室外找了个靠边的地方坐下，旁边有报亭和电话亭。一个个子不高却很健壮的金发女孩在我们右边坐下，拿出狄更斯的《远大前程》读了起来。坐在我们左边的是一对老夫妇，妻子化着特别浓的妆，她把一张报纸叠成四折在扇风，尽管现在一点儿也不热。她老公在读同一份报纸的另一页。我们刚到了十分钟，露台就坐满人了。

"万一她长得和她妈妈一模一样，你一见到就爱上她了，怎么办？"奥赛阿又开始了他一如既往的不正经。"对了，她叫什么来着？"

他觉得萨乌拉这个名字很土气,一听就不是巴黎的。我承认,我也不喜欢这个名字。他又让我给他描述那女孩的长相,以方便在她来的时候能一眼认出。

她不高,很瘦,留着褐色的长头发……她在电话里就是这么描述自己的。她母亲也是小个子,褐色头发,但一点儿都不瘦。

一个留着褐色长头发,但是蛮高的女生从我们这一桌和老夫妇那一桌之间穿过。她看起来不是在找人的样子,径直就进了咖啡馆里面。

当时钟到了十一点整,我开始有点不安,这让我回想到年轻时等萨乌拉母亲的那种不安。我那时非常非常爱她。我从来没有像爱玛丽亚那样去爱第二个女人,甚至包括我后来娶的瓦格丽。毫无疑问,第一次情伤的确会使我们爱的能力大打折扣。她比我大十来岁,和我在一起的时候就已经有几根白头发了。她还挺喜欢我的,仅此而已。她那时还在被年少时的一次情伤折磨着。我还清楚地记着我和她躺在床上时那种冰冷的孤独感。

"她一定能认出你来,她肯定早就在电视上看过你。"奥赛阿打断了我的思绪,也把我从记忆中的孤独中拉了回来。"她是大学生?"

"对,文科的。"

奥赛阿拍了拍我的肩膀,用一种似笑非笑的声音说:"我猜她一定是想做新闻吧。"

玛丽亚以前是亚尼纳中学的历史和地理老师。我们是在她父母的地下室相遇的。墙有些泛黄,我还记得那里空气的湿度。在那儿,我们能清楚地听到楼上酒吧的嘈杂声和音乐。也是在那儿,她向我宣布要离开我，那时离我服完兵役回雅典还有好长的时间。

在亚尼纳度过的最后的几个星期算得上是我人生中过得最差的时光之一，我常常连续几个小时，甚至整晚等在她父母家对面的广场上，她那时和父母住。有一天早上，天蒙蒙亮了，她应该是以为我走了，就到阳台上给鸽子扔面包喂食。她看到我之后，马上就退回去，并拉上阳台的拉门。我那时感觉她透过百叶窗在观察我。于是，我捡起地上的面包屑，揉成一团，吞了下去。我已经忘记那个广场的名字了。

"那个女孩是怎么知道你和她妈妈在一起过的？"

因为那些信……她找到了那些我从雅典寄给玛丽亚的信。我曾经特别天真地以为那些话能让她回心转意。我有段日子每天都写信给她。

"萨乌拉一定是读了那些信，就好像信是给她写的一样……你那时候的文笔好吗？"

现在让我重读那些信，我也会很乐意。我感觉我还是有些才华的。我甚至想过搞文学。很可惜新闻学的那些条条框框不允许我发挥文学的天赋。慢慢地，我就不相信文字能创造奇迹了。是新闻学让我的文学梦退温的。

邻座的老头和他老婆一句话也不讲。他读完了报纸，她也停止了扇风。他们像我们一样四处张望。新来的客人站着等位子，叫服务员点餐。很多年轻的女孩走来走去，其中有旁边表演艺术学院的学生，也有大学生。她们大部分都是褐色的头发。我时不时地为了看得更清楚而微微起身。我甚至向一个背着包的女孩招了招手，她完全没有反应。

"冷静，冷静。"

奥赛阿看着我紧张的样子接着说："至少，你确定她不是你的女儿吧。"

"她爸爸是一个士官，据我所知。在我回到雅典很久之后，玛丽亚才怀的孕。第一次她给我写信，就是通知我她怀孕了，并让我娶她。她那时执意要留下这个孩子，但孩子的父亲并不知情。她也没有想过要告诉那个人，也许她不怎么中意那个男人。她宁愿跟她父母说孩子是我的，因为他们至少还知道我这个人的存在。"

我应该是把这封信和之后当孩子四五岁大了时，玛丽亚又写给我的信一起放到了什么地方。她年轻时一直没有结婚，据她女儿说，她最后嫁给了一个卖房子的经纪人，并又生了两个孩子。

"也许是那个男人没看上她。他一定是在知道把她肚子搞大了之后跑掉了。"

"哦，我倒是从来没有这么想过。"

我们的对话开始让我觉得无聊。

"其实提起这件事情挺让我厌烦的。"

这让我想起了那些我丝毫不想也没有理由再去重游的地方。"玛丽亚现在也应该五十多岁了。"我脑子不由自主地想象她现在的模样。

"我不知道让那女孩来是不是做对了。"

"你跟她提起过那个士官吗？"

"当然……我感觉她不太想要一个士官爸爸。"

奥赛阿大笑起来，"你为什么这么说呢？也许他已经成为将军了呢。"

我也笑了。

身旁读报的老头把报纸推给他老婆。

"你读一下这个。"

他说这话的时候脸上是一副让人厌恶的表情。

那一页报纸写的是生气的农民占领国道的事。很明显，那个老头不支持这种躁动的行为。

"我没戴眼镜。"

他老婆回答道。

他们又开始陷入了新一轮的沉默。右边的金发女孩看完了一页，她时不时地在书的空白处写下点什么。她戴着镜片很厚的眼镜，其实长得并不丑，"就是那种不会在男人记忆中留下任何痕迹的普通女人，"我心想着。

"这本书特别棒，您不觉得吗？"我问她。

她点点头，以示同意。在电视二台对我的采访中，我曾坦言狄更斯是我最喜欢的作家。

"啊，她终于来了！"奥赛阿大叫着，并站起身来。

在人行道的那边走来了一个完全符合萨乌拉描述的年轻女孩。她背着大大的旅行包，目光跳跃于每一个座位上的人的脸。我很失望，因为她不是那种有魅力的类型。

"萨乌拉！"奥赛阿冲她喊道。

她没听到。

"萨乌拉！"奥赛阿又喊道。

奥赛阿是一个特别搞笑的人。他应该早就在脑子里预演了无数遍这个真假父女相见的场景。他迅速穿梭于桌子之间，抓住了那女孩的手臂。

"您从亚尼纳来的,是不是?"他用全世界都能听到的音量对女孩说。

女孩儿脸一下子就红了。

"不,我不知道亚尼纳。"

她结结巴巴地回答道。

"那您应该也不叫萨乌拉!"奥赛阿用一种几近得意的口吻做了一个完美的总结陈词。

此刻,我在找玛丽亚的两封信。我在乒乓球桌上摊开了所有尘封已久的文件夹,却不见信的影子。尽管这样,我应该没有把它们扔掉。玛丽亚对她父母说孩子是我的,我完全相信她能做出这种事。我脑子里想着,"等我找到了那两封信,我复印一份给萨乌拉寄去。"

我还记得玛丽亚的爸爸,方脸,白发寸头,手很粗糙,老婆女儿都很怕他。至于玛丽亚的母亲,我一点印象都没有了。

莉娜来了我家,取走了她的照相机。格里斯也来取走了他母亲的塑料盒。他本来想和我打一会儿乒乓球,但我们怎么都找不到另一个球拍,球倒是在吸尘器下面被发现了。我和格里斯一起去饭店吃了午餐,我又睡了一小时的午觉。

我绞尽脑汁地琢磨了一下农民游行这事儿,因为我打算在专栏里写这个题材,但脑子里净是些没头没尾、前言不搭后语的句子。我当然是反对这种占领公路、破坏经济活动的行为。只是我一直都没坐到电脑前,我还在认认真真地削铅笔。

刚刚下午四点,天已经黑下来了。我不喜欢十一月里越来越短暂的日光。

"你应该给机场打个电话,她的飞机肯定是晚点了。"
奥赛阿对我说。

那时,已经是十一点半了,电话亭前排了长队,我于是到咖啡馆里面准备用洗手间旁边的电话。在那里,我遇见了米勒,他在摇晃一个木柄的铃铛,就好像法院里法官喊"肃静"时用的那种。

"你最近怎么样,米勒?"

"不怎么样,"他皱了皱眉头,"我从白天跑到黑夜,以前,我也是赚一样的钱,只需要工作五小时,现在需要十小时!"

像往常一样,他装扮成古希腊人,肩膀上是两片白得发亮的铁片,屁股和大腿上也都套着亮闪闪的铁皮,头上套着一个被锤子敲打过而变圆的橄榄油桶,算是头盔吧。橄榄油桶上又粘着羽毛和彩色的丝带。在这套算不上盔甲的盔甲下面,他穿着一件迷彩衬衫,和一件脏兮兮的红裤子。他脚上没穿鞋,脚趾头上还套了个戒指。

"你不打算给点吗?"他又开始摇铃,眼睛盯着我,像是在挑衅。他就是这么工作的:摇铃,一直到对方给他钱。

"你儿子怎么样?"

突然,一抹温柔在他的脸上散开。

"他通过牙医学校会考了,考了前十名!"

飞机八点二十分就到了。整个白天,雅典到亚尼纳之间没有别的航班了。

"她一定是到早了,到处走走,结果迷路了。"

奥赛阿对我说。

我想的是，公路的封闭一定使乘飞机的人一下子增多，她可能没买到票。

"我希望她跟你一样，也带个人来，这样，就能一起看到两个美女出现。"

我不明白为什么自己事无巨细地讲述这一切。我认识到一件事情的重要性后通常是很严肃的。但这次完全没有。我感觉我在利用这个故事，来看自己是不是能写出不同于我以往写作风格的更个人化的文字。又过了一会儿，昂迪加入了我们，她是骑摩托车来的，把车停在了电话亭旁边。奥赛阿又站了起来。昂迪径直朝我们的桌子走来，周围的一切似乎都没有放在眼里。她的到来在咖啡馆的露台还掀起了点小骚动：因为一方面她挺出名——她主持一档益智类的电视节目，更重要的是，她是个大美女。

"你们在等谁吗？"

我们桌还有一个空座。

"你坐啊，"我对她说。

"你肯定猜不到我们在等谁！"奥赛阿又开始了。

他甚至都没有耐心等昂迪想一想。

"他女儿！"

"我以为你只有儿子。"她看着我说。

"这是才冒出来的一个从亚尼纳来的女儿，搞笑吧？"

她冲着我笑了笑，"真的吗？"

我又不得不重新讲了一边玛丽亚，萨乌拉，还有那个士官。我那个时候是很爱很爱玛丽亚的，爱到哪怕她怀的是别人的孩子，我也可以娶她。只是后来，那时寒彻心扉的孤独感又从记忆里跑出来，让我打了退堂鼓。我就给她回了封简短又不带丝毫感情的信。第二年，我就娶了瓦格丽。

昂迪听着我讲，眼睛睁得大大的。看她那聚精会神的样子，像是我在给她讲天方夜谭。在我讲的时候，奥赛阿已经和咖啡馆服务员吵了一架，因为我们点的东西还没来，那对老夫妇也离开了。

"太神奇了，我能留下来看看那女孩吗？我打赌，她和她妈妈一定像一个模子刻出来的一样。"昂迪说着，兴奋不已。

"我也是这么跟他说的，"奥赛阿马上接过话，像是怕话掉到地上摔痛一样，"我甚至预测，他会爱上萨乌拉，然后，狗血剧情就此展开……"

"错了，"昂迪一本正经地纠正道，"他不会爱上她，但是，他会用尽浑身解数，勾——引——她。"

昂迪又转向我，表情夸张地说："他希望从那女孩身上得到她母亲没有给他的爱！"

我们这边就差搭个台子唱戏了。服务员这时候终于来了，我喝了一杯啤酒，看了下表，已经过了十二点。

"咱们换点别的事聊聊吧。"

我的提议似乎让昂迪眼里的兴奋之光消失了几秒钟，但她的好奇心马上又杀了回来，"就让我再问你一个问题，你跟那女孩儿讲过你离了婚和你有小孩儿的事吗？"

"当然……她得知我有小孩儿很高兴……这很正常，因为她把他们认为是同父异母的兄弟。"

我的眼光还是在身边来来往往的年轻女孩身上，但现在更放松了，像是我已经确信萨乌拉不会来了。旁边电话亭的电话突然响了，此刻，电话亭里没人，附近也没什么人。卖报纸的从报刊亭里走了出来。我以为那电话是找他的，但他只是站在外面看了看电话亭。我差点就要去接这个电话了，因为铃声很吵，听着很烦，还好，它自己不响了。身旁的奥赛阿和昂迪都没注意到。

"这故事应该上电视的。"说完，昂迪自己意味深长地点了点头，然后接着说：

"你们知道我从萨乌拉这个角色上看到谁了吗？我女儿。"

"你女儿？"奥赛阿很配合地表现出一副难以置信的表情。

"是的。你知道为什么吗？"

我感觉她要大吐苦水了。我们都聊了聊各自的小孩。我告诉了他们我目前的一些烦心事，我那个最小的儿子，很有可能就要留级了，他那个上中学的哥哥，成绩倒还不错，前一段时间，加入了共青团。

"他竟然说我是反动派！那天，我差点就揍他了。"

昂迪提议骑摩托车送奥赛阿回去。她临走前嘱咐我一定要写这个电视连续剧。

"肯定会的，她妈妈从来没有跟她提起过她的身世。"

"她甚至连问一问都会被制止。唯一那么一次她终于鼓起勇气要问出个结果，继父给了她一巴掌。"奥赛阿绘声绘色地帮我编着剧情。

"她一定在心里恨她母亲……你可别落下这一点哦，如果你决定要写剧本。"昂迪提醒道。

我们都站了起来。

"还有一个我们没有想过的可能性,"奥赛阿又发话了,"女孩可能长得像她爸爸哦。"

我终于找到了玛丽亚的那两封信。我把它们夹在一本大学时读的讲巴尔干半岛战争的厚书里。我迅速扫了一眼第一封信,看完第二封信后,我陷入了沮丧:玛丽亚写信告诉我,她女儿,那时六岁半,是金黄的头发。她用了好长篇幅夸她女儿,也说了,她女儿什么都好,就是眼睛有点问题。我脑子里突然闪过刚刚在咖啡馆坐在我右边不到一米处的女孩的脸。"是她,没错。"我试着说服自己应该是搞错了,但我知道自己并没搞错。她在读《远大前程》,很有可能就是因为她在电视上听到过我讲狄更斯。我想她告诉我错误的长相特征,是为了不被发现地接近我吧。"她一定失望透了,"我想。我甚至想到她应该在回亚尼纳的飞机上哭了吧。

在书架上找玛丽亚的来信的时候,我找到了第二块球拍,瓦索把它夹到了两本书中间,天知道为什么。

标本师

整理旧报纸的时候,我无意中发现了一本马尔特集团的商品宣传册。无聊之中,我开始翻阅起来。册子的背面写着一九七七年,不知道我怎么会"收藏"它这么久。我从来没有电话购物的经历。而且好像这家曾经做军火、自行车还有很多其他商品生意的大公司早就倒闭了。

没过多久,我就感觉自己像在读小说一样。先是,我看到一个四十多岁的妇人坐在一个院子的椅子上。椅子是白色的,铁架构,椅身是塑料的。那女人留着红色短发,正在织一条紫色的围巾,围巾的一头已经拖到草坪上了,草坪看上去好久没有人打理了。红发女人并没有在看织围巾的针,她的眼神是放空的,看上去很伤心。

她是不是因为缺少陪伴呢?草坪上零星地摆着好多别的椅子,有的椅子上还有小碎花布包裹的涤纶靠垫。但这些椅子并没有人坐。甚至有一个能坐三到四人的秋千也是空的。但红发女人并不真的是一个人,我看到在院子的尽头,一个金发的小男孩正含着大拇指,坐在一个木制的卡车上。她应该有丈夫,但刚好不在,她丈夫是去买一个带稳定金属脚架的家用圆形烧烤架去了吧。如果这真的是她老公不在她身边的原因，我感觉那女人不应该会这么伤心。从欠打理的草坪可以看出来，她男人不常在家。

那他在哪里呢？在二十二页的游泳池里，游泳池为圆形，可拆卸，能装三万四千升水。红发女人的男人正在游泳，泳池边上的草坪上，站着一个留着褐色中长发的年轻女人。她正用温柔如水的眼神看着那男人。年轻女人应该没到三十岁，穿着两件套的泳衣，脚下的草坪修剪得很好。

我很快感到有必要给这些人物取名字。"三聚氰胺"，这种用于生产盘子和无脚杯的塑料，我觉得用来称呼那位悲伤的红发女人再贴切不过了。至于那个年轻的褐发女子，我叫她超级埃达，正如四十三页那个高功率的便携制冷机的名字。我甚至对自己说，故事应该叫"三聚氰胺PK超级埃达"，但好像现在起名字还有点早。我还猜不到接下来要发生什么。我继续翻着商品宣传册。

在那些介绍野外露营产品的部分，我并没有找到适合三聚氰胺老公的名字。我的注意力被一个瑞典钢淬炼的小斧头吸引——这应该是有远见的露营者才会拥有的物件。我把小斧头这页做上标记，继续往后翻，心想搞不好哪个人物之后会用上。

目前有一个情况，就是三聚氰胺家断电了，因为我看到她——应该是说，我只能看到她的双手——正在摆弄一盏汽灯。这一夜对她来说应该会很长。她遥想童年的快乐时光，那时候她的叔叔驾驶充气船，带她在圣克里斯多夫湖上兜风，他拽了拽一根细绳就启动了马达。汽灯渐渐灭了。船马力全开。鱼儿被三叶式螺旋桨吸引而来，随之，又被螺旋桨绞碎。湖水被染成了红色，就好像是乔森牌驱动器那页的背景的颜色。三聚氰胺被眼前的场景恶心到，于是把头转向她的叔叔，想求他停止这种杀戮行为。但当她转过头，却发现此刻坐在船尾的男人是一个留着胡须的陌生人，他穿着黑色的潜水服，上面是长袖的，下面是紧身裤。他手里正端着一只鱼叉式水汽步枪，并瞄准了三聚氰胺的肚子。

这是一部武打枪战小说，毫无疑问：因为接下来的几页都是步枪，包括有名的马尔特牌，据说，马尔特牌拥有世界上最好的枪身。这是不是新一章的开始呢？拉波特——对，他叫拉波特，终于想到了，那个红发女人的老公就叫拉波特，就好像是超级埃达玩弄的双向飞碟。他正用步枪进行射击练习。这一幕发生在乡下。风景的色调和那男人的白毛衣说明是在秋季。就像是所有好的小说一样，马尔特集团的商品宣传册给人一种时间的流逝感。我们甚至可以注意到拉波特的发际线比夏天的时候略微提高了些。这有可能是压力导致的：他一直疲于奔命，却挣不够超级埃达要的钱。他练习射击，为的也是赢得黛安娜杯射击比赛的大奖。此时，超级埃达的表情很严肃，甚至有一些敌意。因为拉波特没打中大部分她扔过来的泥鸽子。拉波特肯定赢不了大奖。他要怎么做才能满足他情人的要求呢？他的职业并不是很赚钱。他只是一个薪水不高的标本师。对于纯手工，用瓷漆制作的动物假眼，他要价不高（在一点五法郎到三点五法郎之间）。他的工作室位于圣艾蒂安，也是马尔特集团总部的所在地。工作室里挂着上百双活禽猛兽的眼睛，有老鹰的，有秃鹫的，有野猪的，还有老虎的，密密麻麻像是壁纸一样。晚上的时候，街上的灯光透过薄薄的窗帘进入工作室里，照得几百双眼睛闪闪发光，令人生畏。工作室更像是一个小丛林。但是晚上，这里并没有人。"标本师的犯罪现场"会成为一个好标题，如果拉波特决定搞出什么犯罪的名堂。

我放下手上的商品宣传册,去一个中餐馆和宝拉会合。通常情况下,我特别喜欢和她一起共进午餐,但这一天,我觉得她吃饭吃得实在太慢了。她总是夹不起来糖醋猪肉,哪怕是夹起来了,猪肉也总是从她的筷子间掉下来,偶尔还蹦到她盘子的外面,好像糖醋猪肉是活的一样。

"为什么你不用叉子呢?"我建议她说。

我真的很着急回家把没看的看完。她不仅吃得慢,而且更是跟我说着没完没了的心里话。她和她老公在一起越来越不快乐,但她却也下不了决心离开他。

"你应该用小斧头砸烂他的脑袋,"我告诉她说,"有那种瑞典钢淬炼的小斧头质量特别好。"

"你确定你不是在胡言乱语?"

"如果他离开你,如果他搬去和另一个女人住,你会怎么办?"

她盯着筷子的另一头,陷入沉思。

"我会把公寓大变样……我会把所有家具都处理掉……我需要重新开始生活……你那时会来看我吧。"

自从三聚氰胺开始独居之后,她为了保证自身和财产的安全可谓是费尽心思:她买了一枚催泪弹,一个在紧急时刻会发出警报的手电筒,一支能防身的钢笔(此钢笔的墨水能喷射成粉末,气体,甚至是吓人的光束),还有一把气枪。她甚至在家里安装了各式各样的警报器,以及一门大门打开后会自动发射的小钢炮。另外,她还在院子里铺设了很多带夹钳的陷阱。为什么以对付猛禽有效的方法对付起小混混不会有效呢?最后,她买了一条德国牧羊犬。我们能在她车的后备厢里清楚地看到这条牧羊犬，它跟车的后座用可伸缩的金属栅栏隔开。她的车牌号是卢瓦的，说明三聚氰胺住得离圣艾蒂安不远。

她把所有的爱都转嫁给了这条狗。她给它修指甲，用精致的推子给它修理毛发，给它洗澡，刷毛，除异味。她给它戴了一条山羊皮质的嵌着铆钉和铃铛的颈链，一件粗毛线衫，一件披风，还有一层防雨的红色蜡膜。她对它的要求只是绝对的忠诚和服从。她用超声波的口哨呼唤她的牧羊犬。如果牧羊犬姗姗来迟，等待它将是一条二十四厘米的皮鞭。皮鞭很漂亮，编制得很像艺术品，只不过这件艺术品是用来惩罚、鞭打牧羊犬的。她在一步一步变疯吗？她还给牧羊犬猫才玩的东西，其中有一个橡胶做的老鼠。她不明白为什么普维斯——这个杀虫剂的牌子给了她给狗取名字的灵感——拒绝跟那只老鼠玩耍，为此，她又鞭打了普维斯。打完她马上后悔起来，作为补偿，她给爱犬听打猎的交响乐曲子。

我哪里也找不到那个金发的小男孩。也许是三聚氰胺她家人觉得孩子继续跟他母亲住有些不妥。小男孩被安置在他的舅爷家，那个从前带三聚氰胺在圣克里斯多夫湖上兜风的男人。已经年迈的舅爷教小男孩打鱼。他给了他一根玻璃纤维的鱼竿，一个渔网和一些长得很像泥鳅、青蛙、或者虾的塑料制品作为诱饵。小格朗茨——他的名字取自一种长钓鱼竿的牌子——看到这些人工诱饵，想到了他爸爸的职业。

"爸爸在哪里？"他经常问这个问题。

那时仍然是夏天。舅爷正在看电视里的环法自行车赛。

"他在参加环法自行车赛。"

舅爷心不在焉地回答道。

格朗茨试着在黑压压的环法自行车选手中寻找他父亲的身影。

"等我长大了,我要做渔夫和自行车选手。"

"好,那我给你买一辆自行车。"舅爷答应他说。

毫无疑问,舅爷选的是燕子牌自行车,马尔特集团里的销量冠军。

超级埃达和拉波特一句话不说,默默地开车,一路向北。超级埃达现在真是埋怨死拉波特了。首先,他在射击比赛中排了倒数第一。其次,他忘记给她买皮质的方向盘罩了,她早就叫他买了。他们两个中开车的总是超级埃达,标本师先生一直没有通过驾照的考试。"真倒霉,让我摊上了个无能的人,"她对自己说。

拉波特盯着印有圣克里斯多夫湖的钥匙夹发呆,他好像看到了上帝背着耶稣在水里跋涉。他想到了格朗茨,他想见儿子了。

"你睡着了吗?"超级埃达问拉波特。

总有一些会诸事不顺的日子:超级埃达突然发现有一个轮胎爆了。谢谢上帝,她有修理所需的全部东西:一个液压千斤顶,一个防爆瓶,一个有压力计的微型泵,还有一个有二十多个零件的工具包。拉波特试着帮忙,但他实在太笨手笨脚了,他弄掉了千斤顶,踩到了牛粪,又把腰闪了。

"别在那里出洋相了,你把车盖擦擦吧。"超级埃达说。

一个男人在马路对面一动不动地观察他们。他穿着帆布迷彩服,提着两个鼓鼓的行李箱。是一辆车把他送到这里来的吗?还是穿过森林过来的?他水牛牌的靴子沾满了泥。超级埃达对他投去了一个大大的微笑。

"您能载我一程去阿拉斯吗？"他操着很重的口音说。

"当然没问题！"超级埃达回答道，"我们刚好要去阿拉斯，去我父母家。"

她把这个路上偶遇的男人安排到自己旁边的副驾驶坐下，然后把她的情人塞到汽车的后座。她试着跟这个陌生人聊天，但这个搭顺风车的男人似乎不太想说话。她只知道了他是俄罗斯人，这是他第一次来法国，他的法语是跟他的祖母学的。这时，超级埃达发现旁边这个人的裤子背面被血浸湿了，血甚至流到车内百分之百聚丙烯材料制成的地毯上。她没有声张。她的直觉告诉她，这个男人的行李箱里应该塞满了钞票。

"如果您不知道哪里过夜，我的父母会很高兴给您提供住处。"她提议说。

"真是一个贱货。"标本师心里想。俄国人接受了邀请。刚刚到超级埃达的父母家（她父亲是一个砌墙工人，从院子里那个二百五十瓦的电动混凝土搅拌机可以看出来），他就赶紧到客房里紧锁门窗换衣服。他打开了行李箱。此时的超级埃达正通过锁眼监视着他的一举一动，她没有猜错，行李箱里是满满的美钞。晚餐在非常愉快的气氛里进行，除了拉波特，他一直板着脸。俄国人告诉大家，他选择在阿拉斯定居是因为《三个火枪手》这本书：

"我好像记得书里的一章写的就是你们的城市。"他用流利的法语解释说。

深夜里，超级埃达用一个带滚轮的扳手把那个外国人的脑袋砸碎，然后用电锯刀把他切成一块一块的，再用厨房里印有猎兔图案的抹布包好，将俄国人的头和肢体用一辆工地那种的三轮手推车运到院子的深处，再用一把圆的铲子把它们埋起来。就在她快要把那颗脑袋埋好的时候，她突然有了一个奇怪的念头：用开牡蛎的刀和吃蜗牛用的叉子把俄国人的眼睛挖出来，换上她的情人即标本师制作的假眼睛（即使在旅行中，标本师也喜欢每天抽些时间搞他的工艺）。因为吃晚饭的过程中，俄国人的高傲让她有些不满，她给他选择了猫头鹰橘黄色的眼睛。

我承认有些地方太长太细了。比如，谁有必要知道这些故事里的人物是在一张路易斯安那风格的松木桌子上用晚餐的呢？桌子上铺的桌布还是百分之六十七聚酯，百分之三十三棉的，手感非常好，又容易打理（不用熨烫），桌上还摆着三文鱼色调的红玫瑰？更是画蛇添足的，要数关于超级埃达父母家丙烯酸餐具的介绍。但这也情有可原，它就像无数小说一样，如果啰嗦少一点，就更好了。

俄国人的消失并没有在家里引起什么大的反应。

"搞不好他是一个间谍。"超级埃达的爸爸说。

早上，所有人都聚集在厨房里。超爸爸在用带手柄的咖啡机磨咖啡，超妈妈在切香肠——在阿拉斯，人们早晨就吃香肠。她用的正是昨天晚上她女儿用的电锯刀。超级埃达心事重重，她脑子都是俄国人的钞票，她早就把它们藏在了车里。

"也有可能是个双重间谍。"她说。

她脑子又开始盘算这些钱该怎么花。她一定要做的有两件事：一个是把家里的房子再加盖一层，一个是在花园里建一个真正的泳池。家里院子外那六边形的栏杆虽然是电镀的，但突然她觉得那东西糟糕透了,她决定用非洲橡树重新做。车库的大门也得换,最好换个金属材质的倾斜门。车也要换,但暂时还没想好换成什么牌的车。当务之急最需要换的,是男人!她看了一眼标本师,他正摆弄食物秤,秤一个鸡蛋。

"你在干什么?"

"啥也没干。"标本师傻笑了一下,双下巴微颤。

她想要一个重新出发的人生,想要真正的变快乐。她想把家里所有的东西都换掉,从雨伞状的晾衣架到浴室里的小碎花隔帘。其实,她家的东西,没有一样让她喜欢的。厕所马桶前面那块紫色带绒球的地毯,现在想起来让她想吐。她打算统统处理掉,一件不剩。连狗窝,她也打算换成半透明的琥珀色。

同时,她也决定要好好保养自己,这样才能一直年轻漂亮。她要买好多好多的按摩仪,例如厚斗之星的最新款,把一个钟形的塑料按摩器贴在胸上就可以丰胸了;还有那个斯科林牌子的揉捏仪,听说对促进血液循环特别有效。此外,她还要买瘦腿用的脚踏车,瘦手臂用的划船机,当然还不能忘记尼克森牌的震动按摩绷带,腹部、大腿、屁股,统统动起来!"没有男人会逃出我的手掌心。"超级埃达的嘴角露出一丝微笑。

"你在想什么呢?"拉波特打断了超级埃达的美梦。

"啥也没想。"

标本师感觉他和超级埃达的恋情快走到头了。这个想法也没有让他多难过。他已经对这个贪婪又专断、也不喜欢标本工艺的女小资没兴趣了。"我跟这么一个对我的事业完全没兴趣的女人生活了这么久,我是怎么做到的?!"在回去的路上,他不停地问自己这个问题。几个小时之后，我们看到他在圣艾蒂安超级埃达的家里打包行李，他把东西都塞进了一个蓝色的铝制箱子。

"你是要走了吗？"他年轻的情妇惊慌失措地问。

"没错！"标本师高傲地给出了肯定的答案。

对于超级埃达来说，即使她已经打算赶走她的男人了，也还是很难接受他主动离开她。她要让这个不知天高地厚的男人付出代价。她偷拿了一件她男人的上衣，用一把折叠剪刀拆开上衣的衬里，然后偷偷塞入了几张百元美钞。

"喂，你忘记这个了。"她对已经走到门口的标本师说。

拉波特胳膊下夹着那件上衣，背上背着大箱子，一步一步挪出了超级埃达家。大朵大朵的云彩在阴沉的天空中向里昂飘去。当他进入工作室的时候，天已经快黑下来了。他打开一盏简朴的落地灯。他以前很少在电灯下观察他自己的作品。在灰暗的灯光下，本来没有生命的秃鹫，狐狸和猫头鹰们显得栩栩如生。它们看起来太逼真了，弄得标本师有点不安。他感觉它们都盯着他，那些挂在墙上的假眼睛一刻不离地跟着他。他感觉上帝应该不会太欣赏他的艺术，这种给没有生命的骨架假象的生机，嘲笑死亡的艺术。

他在沙发上躺下，却怎么也睡不着。"我这一辈子一直在给死的东西塑造活的样子。"这一想法让他更难入睡。他总是在工作上花费大把时间。哪怕就算是和超级埃达最如胶似漆的那一段时间，他也是每天工作十五个小时。他突然很内疚，从没找出时间陪格朗兹，他非常后悔当初抛弃了他，选择和超级埃达在一起。凌晨一点的时候，他决定给三聚氰胺打电话，问问儿子的消息。他知道他的妻子现在越来越疯疯癫癫了。"打给一个疯子，没有好的时机也没有坏的时机。"

他拨了号码——我在商品宣传册里看到了几个没有话筒的电话机:我估计一九七七年的时候,电话还没有被普及。三聚氰胺几乎在电话拨通的同时就接了。她听到丈夫的声音似乎很开心。这一次,也是仅有的一次,她并没有向标本师要钱。她甚至告诉他,她的叔叔送了一个特别棒的礼物给她:一合立体声环绕的转碟机,扩音器有两个电话亭那么大。

"我想周六在院子里开个舞会,你要来吗?"

舞会当晚,先是四组不同风格的烟花表演让来宾们看得如痴如醉。它们分别是旭日东升、快乐的瀑布、金色穹顶和银色鸡冠。四组烟花过后,是更加震撼的压轴表演,全场喝彩声不断。三聚氰胺迎来了很多客人,他们看完烟花后,纷纷走进屋里,准备开动大餐。是不是三聚氰胺的叔叔给了她办舞会的钱呢?很有可能。但是他并不在那儿,小格朗茨也不在。拉波特到的时候已经很晚了,快十一点半了。他看到自己以前不怎么打理的草坪,现在更是疯长到差不多半米高。"我得给她一个汽油发动的割草机,大功率的,顶三匹半马的那种。"他想着。看到台阶上到处竖立的隔板,他还是挺惊讶的。此时,音乐还没有响起。其实三聚氰胺一直等着她老公的到来才宣布舞会正式开始。看到拉波特来了,她眼睛里有一种似笑非笑的光闪过,她马上回头打开了转碟机的开关,基恩·文森特的音乐在整个院子里飘荡起来。来宾们三五成群地来到外面,尽管野草已经过膝,他们还是饶有兴致地翩翩起舞。三聚氰胺、拉波特和那条叫普维斯的狗站在门前的台阶上看着别人跳舞。标本师有一种不祥的预感，但他做梦都想不到接下来会发生的事情。院子深处传来第一声尖叫：一个陷阱夹钳夹掉了一个年轻女孩的一条腿。转瞬间，她的舞伴的两条腿都断了。普维斯冲过去，把血泊里的两个人都吃掉了。这条狗第二天早上因为消化不良，也死掉了。越来越多的陷阱被人踩到，越来越多的尖叫此起彼伏。很多跳舞的人像是塌陷了一样，突然没了腰。三聚氰胺此刻也大喊起来：

"是他！是他造成的这一切！他想毁掉我的舞会，就好像他毁掉了我的人生一样！"

三聚氰胺指着拉波特，歇斯底里地大叫，此刻的拉波特已经无力反驳了。这个可怜的男人觉得是命运在跟他作对。面对来抓他的士兵，他丝毫没有反抗。

法院听信了三聚氰胺的一面之词，当然还少不了超级埃达的指证。这个女人关键时刻还不忘站出来指控她的前情夫，为了几百块美元杀死了一个俄国移民。她的证词造成了极大的轰动，法院院长命令开展补充调查：果然，人们在拉波特外衣的衬子里发现了几百元美钞，而且在超级埃达父母家的院子里发现了俄国人的残骸。当媒体公布了标本师把猫头鹰橘黄色的眼球放入死者的眼眶里后，整个法国都震惊了。拉波特的死刑被全票通过。在一九七七年密特朗任法国总统的时候，法国还没有废除死刑。死刑犯都被送到断头台上斩首。这有可能是这本商品宣传册唯一欠缺的吧：里面并没有断头台。真的是很遗憾，差一点就能把当时的历史画卷讲述完整了。

标本师人生的最后几天是在圣克里斯多夫监狱一个阴暗的牢房里度过的。透过头顶墙上被两个铁条钉死的气窗，他能看到云彩飘过。他确信上帝创造了多姿多彩的云朵是为了让犯人们消磨时间用的。他时而也盯着地板上那两根铁条形成的十字架的影子。那个十字架随着太阳落山，在一点一点靠近他的床。"上帝的眼睛是黄色的。"他自言自语道。搭建断头台时，锤子的敲打声并没有使他多害怕。"死无非是一个阶段的结束，仅此而已。"

几年之后，格朗茨亲自调查了他爸爸的案子并且发现了真相。他给了他母亲和超级埃达应受的惩罚，他用一把瑞典钢淬炼的小斧头砸碎了她们的头。

决　赛

　　决赛就在今晚。晚上八点，也就是说十小时五十分钟之后，即将开球。

　　现在是九点十分。我的表是准的，我今早听新闻时调过。新闻里讲得几乎都是今晚的决赛：多雷缪不一定能够参加，因为他的膝盖扭伤还没有痊愈。如果乔西和瑞维跑中场，赖斯弗和多雷缪当前锋，我们肯定能赢。最好他们能进三个球。我们那些后卫，除了佩奥德，别人让我没什么信心。玛赫凯可能也会不错，但他发挥不稳定，失误太多……

　　"阿赫，早上好，在忙吗？"

　　是夏庞蒂。

　　"我在挑拣信件。"

　　"你给斯伦贝谢送个包裹去好吗？你放到布利特办公桌上就行……回来的时候，麻烦来找我一下，我还有一个小活儿让你做。"

　　我的工作台在一个被霓虹灯照亮的走廊的中间。墙是黄的，门是绿的。在我的想象中，王子公园体育场里，试衣间的走廊应该也是这样子。我仿佛看到那些门打开了，穿着白上衣、白短裤的运动员们一个一个出现了。他们原地跳着，做些热身动作。他们看上去很放松。早上的新闻也讲了，他们最后一场练习是在愉快的气氛中进行的。他们走向走廊的尽头，那里连接着体育场的草坪。

夏庞蒂突然从相反的方向冒了出来："阿赫，你还没走？"

我很乐意给他送包裹，这样，时间能过得快点。夏庞蒂对足球丝毫不感兴趣。那次，我在画多雷缪踢比利时那场比赛的一记任意球，正巧被夏庞蒂撞见。其实，我画的只不过是一个草图，就像是很多体育报纸里我们看到的那种。我主要是把球运动的轨迹都点了出来，包括它怎么绕过比利时队的人墙，然后入网的。

"我不理解看四十个人追一个球跑，有什么好玩的。"夏庞蒂一脸茫然地对我说。

我脑子里在想，"这个男人有没有爱过？！"但是我只是淡淡地回答说："只有二十二个人而已。"

如果他知道我今天穿白衬衫和白裤子是为了向里斯本竞技俱乐部致敬，一定会把我当成疯子。今年五月十六号，是第一次有一个法国球队挺进世界俱乐部杯决赛的历史性时刻，可是对于夏庞蒂来说，这一天跟普通的一天没有什么区别。他至少知道今天有决赛吧？要想不知道其实还挺难的。自从白衣之队三比零（两个球是多雷缪进的）战胜格拉斯哥流浪者俱乐部，杀进决赛后，十五天来，无论是广播里还是电视上，几乎就没别的新闻了，特别是那些让人压抑的消息，通通被放到了不重要的位置上。

我把包裹放到摩托车上，便开始在小汽车之间穿行。身边的小汽车一辆一辆地被我甩在脑后，就像多雷缪一个一个地甩列宁格勒迪纳摩俱乐部的后卫。"白衣战队加油，白衣战队加油，加油！"我朝着蓝天大声唱。我突然又想到昨天下午下的小雨，也不知道王子公园的草坪有没有干。我在肖蒙山丘公园附近来了个急转弯,把摩托车停靠在一棵大树旁,俯身摸了摸草坪,还好,已经干了。

球赛的票似乎在黑市卖得非常贵。为了买到一张票,我不得不到国家俱乐部联盟的门口排了一整夜的队。那一晚,好几千人在整夜排队,球迷们都是睡在人行道上,裹着衣被或者睡袋。那是一个月前,天气还很冷。早上醒来的时候,我的手都冻僵了。等我排到了那个卖票的小老头那儿的时候,手都已经冻到写不了支票了。写的时候,我就在想,他肯定要说我写得不好,得重新写。结果他什么都没说。当他给我比赛门票那一刹那,我好想拥抱他。

"我们会赢的,您也这么觉得吧?"我问他。

"这个问题不应该问我,我不懂足球。"

他僵硬地笑了笑。

"真的吗?"

"千真万确,先生。我做我的本职工作,仅此而已。来,抓紧,下一位。"

我想他一定觉得时间无穷长,如果他除了收钱的工作之外一点业余爱好都没有。

而对于我来说,这一年快得不得了,主要还是幸亏九月份开始的俱乐部杯的比赛。发现夏天又到了,我还是挺惊讶的,感觉时间跳过了几个季节。如果俱乐部杯今年没举行,我确信现在还应该在过十一月!

在十八点整,我冲进开往胜云门的地铁。车厢里挤满了里斯本竞技俱乐部的支持者,他们中好多拿着大得像床单的白色旗。还有人戴白帽子或者头发上别一支白羽毛。每天在地铁里看到的那些眼睛无神、默不作声的人忽然奇迹般地变得热血沸腾，欢乐无比，感觉小宇宙集体爆发了。

"这位小姐，您觉得谁会赢呢？"

她没有穿白色衣服，但她知道怎么回答："白色战队！"

很快，地铁里的人齐声唱了起来："白衣战队加油，白衣战队加油，加油！"

小喇叭，口哨，拨浪鼓，各种噪音混杂在一起，太热闹了，车厢里的一位老妇人却似乎一点儿也没有分享到我们的兴奋。

"这儿不准吸烟！"她不满地说，随即抓住了一个在抽雪茄的男人的手臂，那个男人不知道她要做什么，便轻轻地抱住她，开始唱歌："啊，那些小女人啊，哦，那些巴黎的小女人啊……"

身旁一个小伙子说："爸，你确定带票了吗？你还是拿出来看看，你可换上衣了。"

他父亲赶紧打开钱包看，票的的确确在里面。我也不由自主地掏出兜里的票，但因为我这样做已经太多次了吧，票有点让我揉烂了。它该不会已经作废了吧？

"一切都会没问题的，一切都会没问题的。"我不停地碎碎念，就像是巫师在驱赶什么坏运气一样。

事实上，进一个球就够了，只要一个球也不丢，因为上一场在列宁格勒的比赛是零比零结束的。如果多雷缪上场，他一定会进球的。我把鼻子贴在地铁门的玻璃上，看着一站一站一闪而过。冲着那些做地铁名的神仙，我祈祷他们能保佑里斯本竞技俱乐部获胜：圣奥斯丁，圣飞利浦……圣……啊，终于到了，所有人下地铁！

身穿白衣的支持者们像是白色的海浪，从各个方向涌向王子公园体育场。我脑子里浮现出抛锚的油轮在汹涌的大海里上下颠簸的画面，感觉我快要晕船了。我抓紧时间买了个夹烤肠的三明治和一面小白旗，一共花了五十法郎，很贵，但有什么办法呢？只能认宰。我跨过警察设的路障，按着票上快烂掉的地方，在检票处晃了晃。我进来了！没有任何麻烦地进来了！我三步一个台阶，向票上标注的位子冲去，C排14号。

我右边的那家伙从兜里掏出来瓶白兰地酒，喝了口。我眼睛盯着草坪，以前我不太喜欢绿色，但此刻突然觉得眼前的绿色特别可爱。现在，两组青少年队正在踢一场友谊赛，好让大家耐心地等待正式比赛的开始。观众席已经满了，然而球迷们还是陆续地涌进来。他们都穿着白色衣服，从里面看，体育场特别像一个大澡堂。

距离开球还有四十二分钟。

"要赢的话，得进三个球。"坐我旁边的人说。

"跟我想的一样。"我应声道。"多雷缪会不会上场，你知道吗？"

"不清楚。一会儿就能看到了。"

还有四十分钟。人越来越多。友谊赛的一方进了球，人群中爆发出一阵欢呼声。今夜应该不会下雨，连一朵云的影子都看不到。天渐渐被落日的余晖镀上了一层糖果粉，聚光灯应该快亮起来了。

还有二十五分钟。友谊赛刚刚结束。土伦军乐队在赛场中心的位置排开阵势，开始演奏一首较出名的曲子。这时候，我开始因为紧张、肚子疼、腿软，好像是我要踢这场决赛一样。

他们上场了！一名裁判员和两名副裁判员踏上草坪，随后是二十二名运动员！多雷缪也在其中！迎接他们的掌声和呐喊声足以让方圆几公里的门窗颤栗。烟花在赛场的四处被燃起，将夜晚的天空照得比白天还要亮。聚光灯被开启，球也被放在了赛场正中。裁判一声哨起，比赛开始了！

现在是八点零二。俄国人看起来很急躁，他们在丢球。海威抢到，并传给胡彻，胡彻向后方踢给了佩德，佩德带球过人（被过的那个好像是波奈夫斯基），又过了一个人，这时玛赫凯在右方，没有任何拦截，球成功地被传到了玛赫凯脚下，冲啊，玛赫凯漂亮地带球跑过中场，将球传给了正在罚球区边上的多雷缪，他此刻没有越位！他补上了一脚，进了！进了！比赛才开始一分钟，我们就进了一球！观众席沸腾了！五万人一起大叫，摇摆，互相拥抱。我脱下衬衫，抛到空中，站在我后面的那个大个儿大叫让我不要挡住他的视线，我回头一看，他的脸都快因为缺氧变紫了。他咳嗽着，又大口喘着粗气，如果我们再进一个球，他一定就翘辫子了。站在我旁边的家伙递给我他的白兰地。

"要吗？"他问我。

我喝了几大口。人们纷纷重新坐下，比赛继续。在电视机前看这场球赛的俄国观众一定失望死了。他们在期待迪纳摩俱乐部追平吧。但这几乎不太可能，法国队已经控制了全场的节奏。在第十七分钟的时候，瑞维的一记角球差一点又进了，不幸被对方守门员拦下。很快，俄国人开始了反击。一个长传，球就到了波奈夫斯基脚下，波奈夫斯基轻松地甩掉了玛赫凯，玛赫凯这个笨蛋！你真是如假包换的笨蛋！波奈夫斯基独自带球向前，他马上就要抬脚射门了，还好最后关头，球被佩德铲下。此时裁判吹哨，佩德被判犯规，观众席上骚动起来，但马上又恢复了死一样的寂静：俄国人得到一个任意球的机会，抬脚射门……没进！很快，法国队又开始反攻。

上半场结束，比分二比零。里斯本竞技俱乐部在下半场才开始的几分钟里，又进了一个头球，稳操胜券。

我抬头看了一眼体育场的大钟：已经是二十一点十二分了。下半场是二十一点准时开始的。离整场比赛结束只还有三十三分钟了。

三十三分钟之后，这一切就要画上句号了。我的愿望就要成真了，里斯本竞技俱乐部即将获得世界俱乐部杯的冠军，法国总统将亲临给队员们颁奖。但这一切就要结束了。下一次世界俱乐部杯的比赛要在四年后才举行。在那一刻到来之前，时间将会恢复到以往的漫长。我又要从这一年的四季挨到下一年的四季。还有半个小时，聚光灯就要熄灭了。

当法国队进了第四个球之后，我没有再鼓掌。我坐在凳子上，头低沉着，一动不动。旁边那家伙探过身来：

"老兄，怎么了？身体不舒服啊？"

"他怎么了？"我身后的壮汉也问。

"不清楚！他哭了！"

"应该是激动的。"壮汉说。

再踢两分钟，比赛就要结束了。

摇摆马

  我不知道自己是不是爱上了德斯娜。昨晚我们去雅典北部的赛科区，和她的朋友们聚会，回来的时候已经是凌晨两点了。快到我家时，她并没有找地方停车，而是在我家门前马路的正中停下了，也没熄火。我就猜到了她肯定今晚还没有玩够，而且应该还是想去找别的朋友玩。我们刚刚一路上都没怎么讲话。她已经在上一个聚会上喝了不少。

  "我打算再去喝一杯。你已经累了吧？"

  她的语气听起来有点咄咄逼人。她眼睛盯着前方，手已经准备好随时发动汽车了。

  "是啊，已经累了。"

  "好，那我明天打给你。"

  我吻了下她的脸和她告别，她一直没有看着我。我等着她的车消失在夜幕中，事实上，它消失得很快，因为昂普鲁大道在前面不远处就拐弯了。马路在路灯的照耀下闪着光，此时，雨已经停了。

  在我推开单元门进楼的一刹那，突然感到膝盖处疼得要命，就好像什么东西压在了我的身上，让我不忍重负，我想可能是爱情来了。

我的公寓在一楼，背街的那一面，窗外是一个小花园。这本来是两个小单间，我入住的时候把中间的墙拆除了，厨房的墙也让我拆了一半，我倒是把瓦砾都运走了，但是还没来得及把砸出来的洞补上，厨房的墙也还没腾出时间粉刷。我的公寓现在可以直接拍战争片了。

生活在这个战争片的片场，我当然是没有时间整理那些装着电影胶片的盒子。脏衣服也都一部分丢到沙发上，一部分扔到摆在地上的手提箱里。我的生活里无非两件事情，上午忙我那部电影的发行（没错，我真的是导演，但导的不是战争片！），下午，我通常去医院陪我妈妈。德斯娜偶尔来医院找我。

我坐在沙发上，抽睡觉前的最后一支烟。我尽量不坐在脏衣服上面，因为我不太喜欢衣服起褶子。眼前混乱的情景没有让我很兴奋，也没有让我坐立不安。我问自己喜不喜欢这间公寓，最终也想不出个所以然。突然，我看到箱子后边露出玩具摇摆马的两条腿。它本是侧卧的状态，我走上前去，轻轻地拍了拍它的肚子，我的手顿时沾满了锈。这匹不倒的马儿是我有一天早上从德斯娜那儿回来，在一个垃圾堆旁的人行道上捡到的。它的躯干上有一层薄薄的镀铁，里面是空心的，腿是木头做的。连接前后腿的是两条像羊角面包似的铁条。小马身上的铁锈已经把它本来的图案模糊掉了。它的身子以前应该是白色的，或许还有一些黑色的斑点，马鞍应该是红色的。我打算把它擦干净，再重新刷上颜色。我把它头朝上扶正，然后又拍了下马屁股，让它摇摆起来。马肚子里应该有些小玩意儿，因为马动起来的时候，里面有晃来晃去的声音。搞不好是有小朋友从本该连着马尾巴的那个洞把东西塞进去的。这个洞特别小，我很想看看里面是什么。

我看这匹玩具马的时候，脑子里完全没有想德斯娜。"我应该不是坠入爱河了"，我琢磨着。现在是两点四十，我熄了灯，准备睡觉。很快，我心里有种说不出的难受，我猜她现在一定是在某个酒吧，身边围着的全是男人。她正喝着威士忌，加了好多冰。我胃里开始翻江倒海，难受得要吐了。我确定我今晚肯定睡不好，早上醒来的时候肯定很悲催。"我明早就知道自己是不是爱上她了。"我想着想着就睡了过去。

第二天早上，我醒来的时候感觉还不错，也没有起很早：正好九点。我跑到阳台上喝了杯咖啡。昨晚的一场大雨让树叶闪闪发光。头顶上的天空清澈透亮（我只能看到一小块儿天，因为小花园的周围全是楼）。九点半的时候，我开始打电话，我首先打给美术设计师，想谈谈电影海报设计的事，结果他还没有到办公室。我又打给发行商，想问问电影会在哪几个影院上映，他给我举出了四个，但都不是什么大影院。

"你应该很清楚，现在的希腊电影一点儿也没市场，影院都不是很想放映。"他很直白地告诉我。

随后，我打给一个做记者的朋友，求他帮忙，让他工作的报社以最低的价格给我的电影宣传一下。我又紧接着再打给那个美术设计师，和他约明天见。我还和电影的摄影师聊了一下，他负责宣传剧照的印刷。他告诉我会用胶片的负片冲印彩色照片，但他更喜欢用胶片的正片冲印黑白照片。我已经欠了他两万七千德拉马克（希腊加入欧元区前所用钱币）了，我为了拍这部电影，总共负债了一千万。电影的总制片方是希腊电影研究中心，我本想打电话给他们的副主席，让他提前给我拨一点电影的推广费，但我都已经知道他要怎么回答我了，他肯定会让我找电影的发行人科斯塔。"我一定得见见科斯塔，"我想，"首先我得先说服他给我一些更好的影院。"

但科斯塔的办公室实在是太远了。我要不要长途跋涉去跑一趟呢？我突然感觉自己已经很累了，我的心情变得也不怎么好。"是不是因为他给我排的全部是糟糕的影院呢？"我起身离开办公桌，开始在公寓里走来走去。此时，那匹玩具摇摆马一动不动。我也没有碰它。它的两只眼睛像两个长音符号，表情看起来有点凶巴巴的。我时不时地就盯着电话看。"她十一点前不会醒。"我还有很多时间给别人打电话，但我宁愿不打，她万一起床早了，打过来怎么办？而且，我也是再没勇气谈电影的事了。感觉我能说的都说尽了。

我又冲了一杯咖啡，坐到沙发上，开始整理剪辑中剪掉的一些胶片。我把它们举向阳台的方向，好利用日光看清它们是什么。但是，我看得越来越吃力，我想应该是外面起雾了。最重要的是，我无法集中精力。此刻，电话的沉寂像是轰鸣的嘈杂声一样，吵得我心神不宁。十一点差五分的时候，电话终于响了——是一个表妹想打听我母亲的状况。我差点就生气了，因为她讲话实在是太慢了。表妹明显还没有说够，谈话就被我以不太合时宜的方式迅速结束了。我又回到沙发上。

我的大脑进入了迟钝状态，我盯着地面看。地面上有两种颜色，褐色和啤酒瓶的那种绿色。两种颜色被一个满是灰尘的裂缝隔开，那儿应该就是原本隔开两个单间的位置。"这颜色多像是一面悲伤的旗帜啊。"我对自己说。是应该把我现在这种垂头丧气的状态归咎于德斯娜呢，还是我数月来一直怎么做也做不完的工作呢？先是那部电影，然后又要在公寓里敲敲打打……我记得自己帮助了那些工人，和他们一起把瓦砾运到卡车上。我有点怀疑我是不是真的像自己想的那么高尚，但这些思绪没有持续很久，德斯娜终于在十一点的时候打来电话了。我听到她的声音，感觉好幸福。

"你昨晚没埋怨我吧，"她问道，"我也没有很晚睡，就只是又多喝了一杯酒。"

我差一点就要向她坦白我爱上她了。突然，脑子里闪过她急着启动汽车的画面，我把马上就要脱口而出的话又咽了回去。

"我不怨你，只是昨晚有点累了。"

"好吧，承认吧，昨晚的聚会上，你一直在气我，对不对？"

的确，昨晚聚会上，大部分的时间，我都在和一个喜剧女演员聊天。

"好了，好了，我们不说这个了。"我很快打住了她要翻旧账的节奏。

德斯娜向我保证她晚上九点来我家看我。

我最后还是去了科斯塔的办公室，并且没有花费很长时间。我还在路上买了一个芝麻面包，在上楼的电梯里就吃完了。

"我感觉你根本没有把我当回事儿啊。"我语气轻松地对他说。

他正在查看前一天晚上他经营的影院的入场人次。

"这次拯救我们的是个小屁孩儿。"他似乎自动屏蔽了我说的话。

目前，院线里唯一票房不错的是一个美国片，讲述的是一个小孩的倒霉经历。透过半掩的门，我看到了他的秘书，一个颜值很高的金发女郎。这时，我听到了身后的开门声。

"我们什么时候放映《湖中怪兽》呢？"

我回头一看，是个中年男人，个子不高，头发已经很少了，穿着一件格子衬衫。

"只要那个小孩的电影票房继续这么好，我们就继续放映这个。"科斯塔下命令说。

我瞟了一眼科斯塔面前的一张纸：是两部美国电影，昨晚票房分别是六十五和一百零一观影人次。

"你为什么要继续留着这种电影呢？"

"是美国人强买强卖的。他们在卖给我们一些大片的同时，也硬塞给我们一些烂片。"

科斯塔向我保证会支付我电影宣传照的印刷费。离开他那儿之前，我特意到他秘书的办公室里待了一下。

"你会来看我的电影吗？"

"当然！"她回答道。

我考虑要不要请她吃午饭，但是我不确定自己真的想这么做。她的办公室里有好几张电影的海报，唯独没有我那部电影的。我只待了一小会儿就走了，跟她也没有什么好聊的。

我在一个公共电话亭打给德斯娜，她没有接，直接到了语音留言箱：

"我想我爱上你了。"我留言说。

影印社的秘书告诉我电影的拷贝十分钟之后就好。我到的时候，在等候区看到了自己电影的海报，很开心。电影的会计主管很快也到了，她想知道我有没有足够的钱付她到这月底的劳务费。

"有些支出，我已经把白条打在咱们一个赞助商名下了，我们不可能替你付钱，明白吗？"

她直视着我的眼睛，试着猜测我有没有意识到事态的严重性。我还真不知道白条都可以直接打在别人的名下。

"这个问题，我会解决的……我希望电影能获得成功。"

"不要抱太大希望。"她对我说。

"让我感觉筋疲力尽的肯定是那些关于钱的破事，还有那些我不得不说的谎话，和不想承受的轻视。"我心里似乎对自己近期一直不好的状态有了答案。

"你为什么要做这个电影呢？"那个会计又问。

我不知道怎么回答她。她转身离开，留下我和她那个让我不知道说什么好的问题。为什么呢？为什么不顾一切地做电影就成了我脑子里的头等大事了呢？海报上是一个被碾碎的西瓜。可以推断它是被车碾碎的，因为它躺在马路上。"如果我不是碰到了这么多困难，我还会这么经常见德斯娜吗？如果我没有倾尽所有，一心一意做电影，我还会爱上她吗？"我问自己。她非常了解希腊电影这个小圈子，她爸爸以前是导演，现在在一家保险公司工作。她总是能说出我想听到的话。

当我拿到电影拷贝的时候，已经快到下午两点了。电影胶片被卷在四个比自行车车圈小不了多少的圆筒盒子里，而且非常沉。

"这让我怎么拿啊？"我问影印社的秘书。

我得把东西运到在近郊的"大都会"电影院。

"这个时间,你叫不到计程车的,我去看看那个哑巴有没有空。"

很幸运的是,他刚好有空。很快他就推着一辆有两个轮子的手推车出现了。他的外衣很长,都已经到了膝盖。他的眼神是放空的,给人感觉什么都没在看。

"我们去'大都会',好吧?"我对他说。

"没有必要对他讲话,他又聋又哑。"影印社的人对我说。随即,她就在一张纸上写下了电影院的名字。

我们把那些圆筒装上手推车就上路了。

哑巴在马路上推着手推车,在来往的车辆间穿行。他自始至终没把手推车推上人行道。他一定觉得自己更像是一个司机,而不是步行者。灰尘和身边汽车排出的尾气让人难以呼吸。头顶炎炎烈日,阳光照到装胶片的盒子上,又反射到我们,快要把人亮瞎了。我想着这一幕太适合放到电影里去了。

我们路过一个卖芝麻面包的商人,我给哑巴打手势,问他要不要吃一个。他摇头告诉我"不要"。他指着他的嘴给我看:他没有牙。他趁着这个空当,点了一根烟。是马可波罗牌的。

"要等到几年之后,我才能明白自己为什么要做这部电影。那会是一个夏天,我在海边喝汽水的时候恍然大悟。"在去医院的出租车上,我重温起拍摄几场戏时的愉悦心情。我曾告诉记者说,拍电影最吸引我的地方就是,它能简洁地表达出文字无法做到的喜剧效果。但是,我做的电影,真的是喜剧吗?

"你吃饭了吗?"妈妈问我,她的眼睛勉强地睁开了一点。

我亲吻了一下她的额头,然后看了看窗台上无脚杯里的三叶草。那是一个周末,我和德斯娜去了我父母在蒂诺斯岛上的别墅,别墅的院子里长满了三叶草。是德斯娜想到要给我妈妈带一棵当礼物。她把一棵三叶草连根拔起,放进一个无脚杯,又抓了一把当地的土到杯里。

妈妈此时背对着窗户。

"三叶草还是绿的吗?"她没有转身。

"对。"

现在,哪怕是动一下,对她来说都是非常困难的事情,她已经不能自己移动身体了。虽然比之前好一点了,但是她并不愿承认。她断定自己再也不能像以前那样行走,再也不能离开医院了。她是在一次突发脑淤血之后住院的。已经几个月了?我是在妈妈刚住院不久后认识的德斯娜。

爸爸上午会在医院陪妈妈,中午出去吃饭后,晚上才回来。

"你要喝水吗?"

"不想。"她闭着双眼说。

"也许她已经离开我们了……她对我们讲的话不多不少,刚好让我们不怀疑她已经离开我们这一事实。"想到这里,我心里一揪。十七点整,我帮助她起身换上睡衣,然后扶她到扶椅里坐下。

"德斯娜怎么样?"

当德斯娜给她送来三叶草的时候,她很感动,甚至笑了,她已经好久没有笑了。"妈妈最后一个微笑是德斯娜带来的。"我那时心里想。我又在问自己德斯娜是不是也爱上我了呢?"很有可能。"然而，我已经不止一次地撞见她在看别的男人。"如果不是陷入爱河了的话，我不会吃醋。"

一个小时之后，我把妈妈又放回床上。爸爸也回来了。我在三叶草上洒了一点矿泉水，就离开了病房。在走廊里，我遇见了几个护士，我跟她们招了招手，有一天晚上，我曾幻想跟她们中的一个在一起，在我跟德斯娜做爱的时候。

回到家后，我先打开了热水器，然后把那个摇摆马拿到了阳台上。我开始用一个电焊管烧它，看到上面残缺的图案和铁锈一点点消失，我很开心。偶尔，我会听到它肚子里有物品转来转去的声音。"里面的东西应该是木制的。"我想。我一直忙到八点。回到屋子里，我给自己倒了一杯威士忌——我最近买了一瓶比尔牌的，随后在浴缸里放满水。

此间，电话铃一次也没响过。我把电话拿到卫生间，放在了马桶盖上，然后把整个身子沉到水下。我试着闭上眼，但是我还是无法放松下来。我很担心德斯娜打来电话告诉我她晚一点才能过来，或者她不来了。我正在想着，突然电话铃响了。我很不情愿地接了电话。还好是别人打错了，我舒了一口气。我终于闭上了眼睛。"我不知道妈妈的病会不会好……我不知道我为什么要制作这部电影……我不知道我喜不喜欢住在这间公寓里……我不知道我是不是陷入爱河了。"

我感觉自己在水里待了很久，然而，当我穿好衣服一看表，才过了二十分钟。我又给自己倒了一杯威士忌。我注意到工作台上的灰尘，想着哪一天我一定要擦一擦……然后，重新开始写作。

楼梯那边每传来一丁点儿的声音，我都竖起耳朵，准备好去开门。我很快喝完了这一杯威士忌，还想喝第三杯，但最后还是选择了喝一大杯水。正在喝的时候，我听到了德斯娜的脚步声。这时，我激动的心情和迅速的心跳扫除了我之前的一切疑虑。我向门口跑去。在我开门的那一刹那，突然想到一件事情，我现在百分之百确认，在摇摆马肚子里的应该是彩色铅笔。

美丽的伊莲娜

我急匆匆地离开墓地，在聚集了来送别的亲朋好友的咖啡馆，也只待了不到五分钟，就急切地想赶回家。我总觉得你在等我，你应该正半躺在沙发上，听楼下街上熙熙攘攘的喧闹声，或者在厨房里，坐着藤椅洗碗，拐杖就立在你旁边，倚在墙和洗碗池的拐角处。然而当我回到家，我只看到你的拐杖，它静静地躺在卧室的地上。我把拐杖从地上拾起来，好轻。我恍恍惚惚地走到床边坐下，忍不住哭了起来。我哭得比下葬的时候还要凶。刚刚我一直很平静，甚至有一些事不关己的冷漠，我觉得放在棺材里的不过是一具蜡像而已。直到我回到家，发现你的拐杖，才意识到你真的走了。我用床单擦拭了下眼角。我本想把你的拐杖放到橱柜里，可最终还是决定把它们留在外边。你那顶黄色的帽子，我也舍不得收起来，依旧挂在卧室的门后。

我确定这一切你都看在眼里，你一定注视着我，此刻，我正写信给你。当我想到人这一生逃不过一死，所有爱的人都最终会消失，我就像掉进了绝望的深渊，喘不过气来。我确信，人死之后会以某种形态继续存在，但那会是什么样子呢？很可惜，我们的宗教并没有把这讲明白。我觉得那会比活着的时候轻很多，甚至和光一样轻。我愿意相信你比之前还要美，我温柔的伊莲娜，死亡只会给你的魅力增添一份优雅。

我很想和你大声讲话，但是我担心会被邻居听到，把我当成疯子。其实，隔壁只有索菲亚，她的老公和孩子早早就出门了。我仍然躺在床上，时不时地看看你的拐杖，你的黄帽子，或者那个梳妆台，在镜子里寻找你的影子。索菲亚的老公科斯塔没有出席你的葬礼，我猜他还是因为我那次在他家闹事，对我耿耿于怀吧。

亲爱的伊莲娜，我很担心你只记得我歇斯底里的样子，特别是当我面对那些靠近你的男人时。我对我过激的行为非常后悔，特别是新年前夜，我在巴斯拉家打你一巴掌。我恳求你把这些都从你的记忆里抹去，只记得我们之间那些美好的回忆。我求你原谅我。你能看懂我给你写的吗？

此刻，我坐在厨房的长条凳上，即使桌子很矮，我不得不弓着腰给你写信。再没有别的地方，让我感觉比在这里和你在一起更甜蜜。你总是不肯坐在长凳对面。

"我可以坐在你旁边吗？"你问我。

"你会乖吧？"

你坐在我旁边，把头靠在我的肩膀上。

"你不会刚好就是我的小鸭子吧？"

"当然是啊。"

"那真是太好了。"你温柔地说。

我们的爱情一直是我们最喜欢讨论的话题，差不多也是我们之间唯一的话题。以前我很少跟你提到我那无趣的工作，只是每个月按时把工资交给你。你有时会告诉我你那些闺蜜的消息，偶尔也会聊聊你的父母,或是给我看你新买的东西。但很快,我们总是会回到不变的话题。

"你真的爱我吗?"我问你。

我真不应该怀疑你对我的爱。在餐厅,你也总是坐在我身边,只用一只手吃饭,另一只手闲出来放到我的身上或手里。你总是希望和我抱抱,哪怕是在公共场合。也许我不曾真正地怀疑你对我的爱,只是我很担心。你不断地向我证明你很爱我,可是对我来说这还不够。你那些爱我的表现只能让我暂时安心。我总是不停地问你:

"为什么你爱我?"

你的回答让我觉得很好笑,但并没有让我完全满意:

"因为你是我的小鸭子。"

你对我的爱太满,让我感觉你是不是在尽力表现得特别爱我,是不是有些夸张了。这是不是说明我觉得自己不配得到那么多爱呢?"早晚有一天,她会觉得她爱错了。"我总是会有这样的想法。我觉得自己在社会上混得不够好。也许如果我不是国税局的一个小税务员,我会更自信吧。也许如果我有一点权力或者名气,我就不会这么自卑吧。我能猜到那些刚认识我们的人看到我们在一起有多惊讶,我仿佛能听到他们的窃窃私语:

"她嫁的人就是他吗?不会吧。她到底看上了他什么呢?"

你喜欢我肯定有你的原因,即使我从来都不太确定那是什么。

在遇到你之前,我经历的那些情伤在我身上留下了深深的烙印。当我爱上你的时候,其实心里已经不敢相信爱情了。我几乎确信两个人以同等炽热的爱去爱对方是不可能的,总有一方爱得比另一方少。为了说服自己你很爱我，我甚至告诉自己我并没有那么爱你。

你一点都不像我过去爱过的人：你比她们都漂亮无数倍。当我年轻的时候，那些太美丽的女人让我害怕。我觉得自己没有任何希望征服她们，所以我连想都不敢想。我只敢试着去追求那些我认为可爱的女人，她们通常相貌平平，或者有的挺难看。我爱过的那些女人，实际上都不是我真正喜欢的。

而你，我太喜欢你了。当然，话说回来，喜欢你的也不只我一人：你走到哪里都会成为众人注视的焦点。所有男人都试着靠近你，和你搭讪，甚至触碰你。有些人甚至明目张胆，丝毫不在乎我的存在。我还记得有一次，我们在等红灯的时候，一个骑摩托车的年轻人为了看你看得更清楚，几乎把脸贴到了我们的车窗上。要不是车窗关着，我一定大骂他一顿。

你让我放心，说你只爱一个人，但你也总是欣然接受那些赞美。也许年近四十的你，特别渴望像过去那样被别人关注吧。你总是在洗漱间待很长时间。哪怕只是要到街角去买个菜，你也会用心打扮，涂上指甲，喷上低调但价格不菲的香水。你没有节制地花着你爸爸给的钱，你不停地买香水、衣服，还有鞋。当我第一次去你家拜访的时候，你橱柜里鞋子的数量让我吓一跳。

"有一些我从来都没有穿过！"你笑着对我说。

在柯洛纳基那些名牌商店里，所有人都认识你。当我们在这个街区散步的时候，那些老板和售货员都会站在商店的门口跟你打招呼。这时候，你总会紧紧地牵着我的手，像是让我放心：所有这些我们遇到的男人都没有让你喜欢。然而，你还是会向所有人微笑。

"你想让我怎么做呢？装出一副怨妇的样子吗？"你总是很无辜地说。

你的微笑也常常是我和别人发生口角的导火索。有一次是在潘纳体育场后边的一个酒馆。我还记得我们当时吃的是肉丸和煎羊肝。我承认那些油腻的食物还有那瓶劣质酒已经让我的心情很不好了。刚好两个坐得离我们不远的家伙一直不停地看你，我发现之后很恼火，随后，你竟然又回头给了他们一个大大的微笑。那是很少的一次我们面对面坐，因为桌子太小。你的微笑让我的心都凉了。我尽量掩饰自己的情绪，安抚自己不堪一击的自尊心，继续东一句西一句地讲着无关紧要的话。然而一股悲伤却从脚底蔓延开来，让我无法呼吸。正在这时，你像往常一样伸手过来，我躲开了。

"怎么了？"你不解地看着我。

刚刚在旁边盯着你看的那两个家伙之一起身去厕所，他在经过我们桌的时候故意放慢了脚步。

"您有何贵干？"我没好气儿地问。

"怎么样，什么意思？"那个人凶巴巴地反问道。

"您从刚才就一直盯着我们看。"

"您搞错了！"

他讲着，还不忘看着你的眼睛，对你笑。这时候我站了起来，抓住他的衣领，我应该是推了他一下，因为他后边传来了椅子倒地的声音。

"滚蛋，否则我打烂你的脸。"我紧接着说道。

很多人过来把我和那个男的拦开，这事情就算结束了。我们在回家的路上，没有跟彼此讲话。

你知道我那时在想什么吗？你对他微笑肯定不是为了让我嫉妒，也许只是因为爱美，你笑的时候最美。以这个来责怪你，对你不公平，我不应该责怪你的美。

当你发现我是一个爱嫉妒的人之后，你开始不那么经常笑了。你避免在饭馆和其他人有眼神的接触。你倒是没有放弃你的迷你裙，只是你穿它们的时候越来越少。你的这一变化其实让我很伤心。我迫使你改变了你的穿着，说实话，我不喜欢自己这样的角色。我觉得这样做既讨厌又可笑。我很担心我强加给你的改变会让你更快地讨厌我，离开我。总之，你为了减少我的嫉妒而做出的努力反而让我更加嫉妒了。

为什么会这样呢？很奇怪，但我觉得我还是那么爱吃醋。刚才，当我想到潘纳酒馆那一幕的时候，我还是感到和当时一样的气愤。我的嫉妒心就像影子一样，寸步不离我对你的爱。这种嫉妒偶尔给我的感觉还是不错的，它像是一种特别迷人的忧郁，一种对往事不堪回首的感伤。但更多的时候，它让我心神不宁，筋疲力尽。我被这种感觉折磨着，苦不堪言。我甚至希望你背叛我，好让我找个借口离开你，喘一口气，不再受折磨。

然而，我从来不觉得你真的会背叛我。我也没有因此真的不安过，除了那次在巴斯拉家的新年夜聚会上，当我看到那个年轻男人把你拥入怀中跳舞。音乐停止的时候，你向后退了半步，但你的手臂还是轻轻搭在那个男人的肩上。你们并没有停下来的意思。现在，当我想到我因为这个打了你，我还是不能原谅自己。

在家里的时候，我会感觉很安心，可有时候，我也会悲观地想,世上没有完美的爱情,就像那首歌唱的一样。一点点念头都会马上把我带入悲观的情绪。例如,当我想到你三十岁那年那场轰轰烈烈、又让你遍体鳞伤的爱情。我总是问自己,你是不是真的释怀了。还有你过去那些昙花一现的艳遇也让我不安。想到你那些一夜情会让我痛苦不堪,因为这表明你曾经是一个可以和第一次见面的陌生人做爱的女人。我受不了你那个老朋友索迪给你打电话,尽管你曾向我发誓,你们之间从来都只是朋友关系。

每次只要我们一出家门,我的嫉妒之火就又燃烧起来。一看到邻居家的门,我就想到和科斯塔发生的口角,这家伙,竟然在他儿子的生日宴上公开向你献殷勤。那天你穿了一件特别短的裙子。所有的宾客都在看你的腿,甚至包括过生日的小尼古拉斯和他的朋友们。

还有,还有你和那个停车场保安艾斯说话时候的亲切劲儿,也经常让我很恼火。

我吓唬你说:"总有一天,他会把你堵在两辆车中间。"

"怎么可能?艾斯?"你不以为意。

在你的葬礼上,我看到了他,很难过的样子。

不管我们走到哪里,我都几乎确信有人盯着你的嘴和腿,这让我抓狂。我试着跟自己讲道理,结果完全没有用。我对自己说,那些男人看你很正常,如果我在路上碰到一个像你这么漂亮的女人,我也会忍不住多看她几眼。我对自己说,那些人对你的崇拜应该让我受宠若惊才对。实际上,我的确是受宠若惊,但主要是"惊"。

我知道我的嫉妒是种病,它会破坏我们的爱情,我很想改掉它,但就是不知道该怎么办。

有一件事情我从来没有对你说过：我曾一个人跑到给我们主婚的耶黑玛神甫那里去，请他给我一些建议。我很尊重他，觉得他是一个有教养又思维活跃的人。他给出的"药方"只有一个，那就是百分之百地信任你。

"应该像你信任自己一样去信任她。"

"我对自己有信心吗？"我问自己。如果在空无一人的停车场，保安的妻子在我面前脱光衣服，并躺在雪弗兰车的后座上，我会怎么做？我不确信我能无动于衷。这种想法让我很生你的气，好像是我的无能和无原则证明你也不配得到信任。

"我觉得有必要我和伊莲娜单独谈谈。"耶黑玛说。

我觉得仿佛看到了他嘴角的微笑，这让我很不快。我回家后没有跟你提起过这件事，估计是我不太想让你单独见他吧。之后，我也一直没有见过他，直到你葬礼的那天，因为我请他主持了你的葬礼。

是我的嫉妒给你带来的不幸吗？这想法总是纠缠着我，赶都赶不走。是命运跟你开了天大的玩笑，它以前曾是那么眷顾你。当德拉多教授告诉我你的腿在车祸中受伤严重，他不得不要对你实行截肢手术的时候，我感觉这场灾难中有我的一部分责任。随即，我又安慰自己说，我那时已经尽力劝你不要去和波利萨吃晚饭，那家伙喝很多酒，也总拉着别人一起喝。事故发生的几天后，你终于承认那时候你是醉的。开始的时候，你曾说是为了躲避对面来的卡车，你才将车驶离马路。那次事故之后，每一次我路过索菲亚皇后大道，我都会看看你当时撞上的水泥柱。我还记得有警察在旁边说：

"这已经不是第一次有车撞到这根柱子上了。"

我也记得那个焊工，当初你困在车里，我们不得不请焊工锯掉车门，才把你救出来，他很年轻，长得也很帅。

当德拉多教授告诉你要截肢的时候，你表现出来的冷静让我很惊讶。他告诉你截肢手术就在明天。我不明白为什么他要对你撒谎：事实上，手术已经做完了。

当我们走出病房门的时候，教授对我说："她不会发觉已经少了一条腿。"

因为车祸中有玻璃碎片嵌入你的脸上，必须要做手术把它们摘除，你似乎更在意在你的脸上动刀子。两个月后，你可以出院了，我记得那是个早上，天气特别温暖，我问自己男人们会不会还像以前那样盯着你看，我想，你也在问自己同样的问题吧。一个年轻男人很快回答了我们的疑问，他坐在一个长凳上，看你路过的时候吹了一声响亮的口哨，他女朋友就坐在旁边。有生以来第一次，我没有因为这种情况而恼火。

你的脸上还有少许伤疤，离得远点儿是看不出来的。你又找回了原来的微笑。你眼睛的形状比以前略有变长，但却一点不影响你的美。

相反，这让你多了一点儿异域风情。你已经习惯了用拐走路，并且走得极快。你似乎走得和以前一样轻松。你流露出的自信让我安心，我觉得能够克服这样的残疾，你完全有理由为自己感到自豪。

事故之后，你只穿到膝盖以下的长裙或长裤，以遮盖截肢的地方。但是你最喜欢的裙子却是朝前开的。你坐着的时候，完整的右腿常常能露到大腿根部。至于左腿，男人看到它的残疾，肯定为你感到惋惜，但我确定他们还是会色眯眯地盯着你的右腿看。你又开始像以前一样，对所有人示以微笑，我也决定不再就这件事对你说什么了。只有一次，就那么一次，我没有忍住。那次，我们在玛丽莎饭馆的露台吃饭。

我对你说，"不要对每个人都笑了，裙子放低一点。"

你的血液一定是在截肢手术之后被感染的。至少这是中心医院的医生在检查之后告诉我的。那一夜，你烧得很厉害。

"术后应该更加严密地观察她的状况的。"中心医院的医生这样对我说。

我应该投诉德拉多教授的，但现在，即使这样做了，又有什么用呢？

我觉得你应该记不得那晚发生的事情了，也许这样更好。是我们的邻居索菲亚帮我把你移到车上去的。我把你的拐留在家里，好像我已经知道你再也用不上它们了。索菲亚开车，我们两个都坐在后座，你的头靠着我的膝盖。我抚摸着你的脸，偶尔用湿手帕擦拭你的额头。发高烧的你在胡言乱语，你仿佛用着吃奶的力气在呼吸，一路上你都没有睁开眼看我。

也许命运已经决定了，让你不再睁开双眼。黎明的时候，你进入昏迷状态。八点零三分，你离开人世。在隔壁病房，人们在听早间新闻。

中午的时候，我回到家取一些证件，还有要给你换上的衣服。我给你选了你很喜欢的白色蕾丝衬衫和那件黑灰格子长裙。我还特意拿上了你的香水。我主动提出要亲自给你穿上衣服，并让那个殡仪馆工作的男人回避。我不想让他看到你半裸的身体。我把你裙子的所有纽扣都扣好了，还在你脖子上撒上了几滴香水。

"真是一个漂亮的女人。"殡仪馆的那个男人回到房间时小声嘀咕地说。

亲爱的，你曾经的确很美。有一刻，我仿佛看到你的胸微微抬起，好像你还在呼吸一样。殡仪馆的那家伙也死死地盯着你的胸。我赶紧扣上了刚刚留下的衬衫最上面那两颗纽扣。

在教堂里，打开了你的棺材之后，耶黑玛神甫说了完全一样的话：

"真是一个漂亮的女人。"

葬礼进行的过程中，我觉得你已经开始了另一个人生。我觉得你忽远忽近，好像你的世界里没有距离可言。我愿相信你还和我当初认识你的时候一样美。我无法忘记那一次在游艇俱乐部的相遇。

我想上帝应该对你疼爱有加，因为你是他最成功的作品之一。他长的是那种大胡子，皮肤有点暗，就像教堂里面那样子的吗？我希望他在对你疼爱有加的同时，也要注意分寸，如果不是的话，尽管我对他充满敬意，我也会用拐杖砸向他的脑袋。

普拉蒂尼的任意球

我这辈子看过最漂亮的进球是普拉蒂尼进的，是在和荷兰队踢时的一个任意球：在录像带上，还隐约能看到几条橘色的痕迹，正是荷兰队球衣的颜色。这个球的意义已经不止是一个好球，我觉得正是这个球确保了法国队挺进世界杯的，那一年的世界杯，没记错的话，是在墨西哥举行的，或者在阿根廷……要不就是意大利，这不重要。一点也不夸张地说，这个有历史意义的进球也改变了我的人生。

这场比赛我是在家看的。我一点都不后悔那时没有买到去王子公园体育场看比赛的现场票，因为有些进球得在电视机上通过慢镜头来看。我那时特别聪明地想到把整个比赛录下来，好像我已经预见了这将是非同寻常的一场比赛。我是一个人看的，因为我的老婆和女儿们都不喜欢足球。普拉蒂尼是在第一场进球的吗？我觉得应该是在第二场，甚至是最后十五分钟，因为场上场下的气氛都特别紧张，比赛快结束的时候总是这样子。

普拉蒂尼开跑了！荷兰队的人一个紧贴一个，神情紧张，在离他几米处形成一堵人墙，严严实实地挡住了他们的球门。乍看来，进球几乎是不可能的。普拉蒂尼用脚的内侧，以轻轻倾斜的角度将足球踢起，球像一个陀螺在空中回旋。他这一脚并没有朝球门踢，而是朝向人墙的边缘。在刚刚飞过最边上那个荷兰队后卫的肩膀后，球改变了运动方向，就像美轮美奂的日食一样，以完美的弧线，擦着右门柱，最终落入荷兰队的球门。我"啊"的大喊了一声，吓得我老婆和女儿们以为发生了什么事情，都跑了过来。

"看！快看啊！"我对她们说。

这时候电视上正播着进球的慢镜头。这个完美的任意球，至少被连续重播了五遍。她们并没有兴趣看，唉，这些蠢货，她们纷纷回到刚刚待的屋子，走之前还不忘让我小点儿声。

电视解说员激动不已，体育场的观众沸腾了，法国队的球员们更是兴奋得在地上打滚儿。感觉荷兰人瞬间石化了。

我越是研究这个进球的曲线，越是觉得它不可思议。他让我想到了最美的女人才拥有的身体曲线，想到了以前老师在黑板上画的行星的运动轨迹。普拉蒂尼的任意球让我想到了自己的年少时光。这一个球，它验证了我这么多年来在电视机前看了这么多小时的足球比赛是多么的值得。也许冥冥之中，我一直在等这样一个进球。他给我开启了一座大门，引领我走进了一个轻快又优雅的世界，这里的几何学是有诱惑力的。

在第二天和接下来的几周里，我不停地在办公室里讲普拉蒂尼的任意球。这激起了不少同事的兴趣，但是我觉得没有人像我一样对这个球那么挚爱。我可以把它讲得天花乱坠。每次我提到它的时候都热血沸腾，不能自已，终于，老板把我开除了。

我并没有因此大吵大闹。毕竟，我还是在家看录像带时最舒服。这下，我有时间每天看个十几二十遍。我老婆和女儿们受不了我，离开了。这样也不错，反正我也不能赚钱养活她们了。我终于可以不受打扰地看录像带了。

一眨眼，几年过去了，就在几个月前，我不得不卖掉电视机和录像机。事实上，我什么都卖了，当然，除了那盘录像带。我开始去一个朋友家看，而且每天都是吃晚饭的时间去，我也知道他早晚也会受够我的，但更让我头疼的是，因为看了太多次，我的录像带快要不行了。我再也看不清普拉蒂尼，别的球员也都成了模糊的一片。我只能看到颜色不同的点点动啊动的，连球也看不到了。那么一个历史性的任意球就这样在一片乱七八糟的东西里消失不见了。有时，我在想这一切会不会都是幻觉啊，也许普拉蒂尼从来没有进过那一球。

左　嘉

　　我第一次见她是在八月十四日，那是一个周二的早晨，刚好九点，我坐在意大利咖啡馆的露台上，咖啡馆就在萨卡洛街和高隆广场的拐角处。我平时不怎么来这个咖啡馆，这次是碰巧要穿过广场去买报纸，就打算进来坐了坐。露台上大部分的桌子都是朝向广场的，但也有一部分在萨卡洛街上，我就在靠街的这边坐下了。

　　在对面的二楼，她出现在阳台上，提着一桶水和一把拖把，但看上去，她一点儿也不像清洁工。她穿着蜂蜜颜色的裙子，很短很薄，肩膀和大腿都露在外面。我马上就被眼前的景象吸引了：我已经很久没有这么热血沸腾了。我想象着自己穿过这条也就十米宽的街，上了二楼，亲吻她的大腿内侧，因为是早上，她的皮肤应该很清爽。她不特别瘦，也不特别高，但我觉得她特别漂亮。我没太看她的脸。她头发剪得很短，和她裙子的颜色很像。我仔细打量了她肩膀的弧度，是那么温柔又不失力量。当她身体向前，去浇挂在阳台前面的花时，我隐约地看到了她的胸，如果她同意把裙子上那两条细细的肩带滑到肩膀上，我愿意倾尽我的所有，什么都可以给她。

　　我对她的臀部非常着迷。每次她一用力，她的肌肉就会缩紧，她的皮肤就会像被爱抚时一样，有轻微的跳动。无奈的是，阳台边上的矮墙挡住了我的视线，我看不到她的双腿，但我确定，她的腿一定也很美。

对面楼里的二层是佩德隆兄弟航空公司。她应该是那里的职员。整个二楼的橱窗上都用白字写着公司的名字。"她应该是空姐。"佩德隆兄弟肯定还没到，因为她干活的时候慢条斯理。一想到她周围没有人，我又开始有想穿过这条街去找她的冲动。

她偶尔会看看过往的行人，但她的目光一次也没有落在咖啡馆的露台上。她一定没有想到这边会有观众，或者，她更喜欢装作不知道，默默地被欣赏。那个阳台就像她的舞台。其实，咖啡馆的其他客人并没有注意到她。他们或是一副匆匆忙忙的样子在读报纸，或是打量那些在街上走来走去等待商店开门的女人。她们中有的长得还不错，但是她们的美是那种很大众的平庸之美。她们都瘦瘦的，皮肤古铜色。那个阳台上的女孩比她们都要吸引人。她的皮肤像小孩子的一样白。她让我想到了从前，人们不能总去海边，不常晒太阳，不那么以瘦为美的年代。我很开心，我周围坐的人都对她没兴趣。如果她也吸引了别人的目光，搞不好我还会生气呢。我甚至可能会对她大吼："你不嫌丢人吗？内裤都露在外面让人看？"就在这时，我以前的一个学生艾哈斯，坐在了我的旁边。

"您最近怎么样，教授？我不常在这儿见到您。"

他一脸微笑，身上散发着香水的味道。他穿着那种一看就给人感觉是大公司领导的条纹衬衫，没有打领带。他告诉我常常来意大利咖啡馆。

"这儿的浓咖啡是全雅典最棒的……报纸上都写了什么?"

我的报纸本来摆在桌子上,被他拿了起来。

"我不清楚。"我冷冷地说。

他的出现让我觉得很被打扰。我本来就对他没多大好感。我决定继续欣赏眼前秀色可餐的这一幕,毕竟这种事情可遇而不可求。她应该很快就要离开阳台了,因为她已经拖了地,也浇了花。我继续盯着她看,此刻,她正在摆弄拖把。"她应该正在擦自己的脚印。"我心里想着。

"现在经济不景气啊,"艾哈斯又在不识趣地插话了,"企业纷纷倒闭,您觉得国家银行会降低贴现率吗?"

我突然想起来我参加过他的婚礼,就在雅典的郊区。他娶了烟草行业大亨阿达米的一个女儿。

"你觉得阳台上那个年轻女人怎么样?"我问他。

他看了一会儿。

"还不错啊。"他有点敷衍地说。

"她不只是还不错,"我连忙更正道,"她简直是太漂亮了。你看到她的屁股了吗?"

他又一次打量那个女人,与其说是真的感兴趣,不如说是为了讨好我。那女孩这时正背对着我们,俯身在地上拾什么东西,有可能是一片干枯的树叶,也可能是一根火柴。在那么几秒的时间里,我隐约看到了她裙子下面有一块黑色面料。我抓住艾哈斯的肩膀。

"你看到了吗?你看到了吗?"我不禁激动地大叫。

他尴尬地挤出了个微笑,像是我的反应让他觉得好笑又让他很无奈。

"拜托，教授先生！"

"别虚伪了，艾哈斯！我敢保证，你这辈子没见过更漂亮的。"

他又如坐针毡地待了几分钟就马上离开了，连咖啡都没喝。那个年轻姑娘也离开了阳台，拉门没有关。我还等了等，期望她回到阳台上，但并没有如愿，于是就结账走了。回家的路上，我的脑子里都是那块黑色布料。

第二天，因为是八月十五日，法定节日，我觉得她不会上班，就没有去意大利咖啡馆。我七点起床开始工作。我答应给海关学校的学生做一个关于新经济政策的讲座。现在执政的左派费力地复制别人的经济发展模式，结果却不尽如人意，使政府财政都出了问题。为什么除了资本主义和社会主义，执政者们不寻求一条新的道路呢？"在东西方，都存在着一个严重的问题，就是缺乏想象力。"这只是我的一个想法，我还什么都没有写。要在大学做的那个演讲，我也没有太费心准备。我等到演讲前一天再写……我等到演讲前一天晚上泡澡的时候再写。我的思绪一直不自觉地涌向那个佩德隆兄弟航空公司的女职员。我那时看不太清她的脸，但是因为我的眼光一直聚焦在她的身体上，那个画面变得越来越清晰。我会提议给她洗脚……我会用一盆温水给她洗……我会在水里加几片月桂叶。

九点钟，我决定不工作了，就离开了办公室，来到书房随便翻翻，刚好翻到了几本小时候读的书，《十五岁的船长》《安东尼斯的奇怪冒险》《珍宝岛》。我一下子回忆起斯蒂文的小说曾经给我的强烈震撼。只有一条腿的老海盗对年轻人说："孩子，年轻又有两条腿是一件特别幸运的事。"我在外面花园里走来走去。当我种这些树的时候,它们还才五十厘米左右,现在它们的树荫已经覆盖了整个花园。是因为我,才有了这些树荫。

第二天是周五,已经不是节假日了,但很多公司还在休假。我本来就知道,但看到佩德隆兄弟航空公司紧锁的大门还是很失望。意大利咖啡馆也关门。椅子都还放在露台,但是一个摞一个。桌子则是在稍微远一点的地方堆在了一起,好像是生了椅子的气一样。

这个周五我也没做什么。我翻开一张报纸,但是不知道自己在读什么。我心不在焉地翻着,就像在翻一个写满外文的东西。我脑子里不停地在想那个年轻女人:她周一会上班吗?还是假期会很久?"她可能放年假了,"我想,"等到九月份,她回来的时候可能已经晒成古铜色了。那时气温也会比现在低。她应该不会穿那件蜂蜜颜色的裙子了。"

我脑海里她的形象还是很模糊。我很埋怨艾哈斯,要不是他,我能在脑里更好地储存对她的记忆。我觉得有必要给她取个名字,以便让这一切更真实。我叫她左嘉。不知道为什么我选了这个很少见的名字,左嘉的意思是生命。我感觉这个名字还是很好听的。这个名字还让我想起了一件挺伤心的事,我已经过世的教母就叫左嘉。她很年轻的时候就得白血病死了。我那时还是个小孩,还不懂为什么她不再来我家了。左嘉可能是我最早听过的女性名字之一:正是因为这样,我才记得它吧。

我打开放照片的盒子,很快地翻了一遍,并没有我教母的照片。我母亲曾经有一张她的照片,有相框的那种,就挂在缝纫机的上方。可能是我哥哥拿着那照片吧，因为那个缝纫机之后分给他了。他那时真是近似狂热地什么都收走了，好像他很肯定，那些东西只有在他那儿才会幸福。我的眼光只停留在了一张照片上，那是在圣托里照的。照片上是我的妈妈、哥哥，还有我。我哥和我穿着短裤，妈妈穿着一件居家的裙子。这张照片是黑白的，但我记得妈妈的那件裙子是杏色的。在我看来，这张照片是有颜色的。

周六晚上，我接到了艾哈斯打来的电话。我很好奇他是怎么知道我的电话号的，因为他不在我的电话联系人里。他告诉我他知道大学的游行活动，并且他会尽量参加。（"这件事我知道，这件事我知道。"他原话是这么说的。）电话里，他还邀请我到他家吃晚餐，说是想让我和他的小孩们认识认识。

"我晚上不吃饭。"

"那您来吃午饭吧。"他没有放弃的意思，"这样好了，教授，我开车去接您。"

"他肯定是要求我办事。"我琢磨着。

最后我还是婉言拒绝了他的邀请。于是他说，想游行那天把他大儿子也领学校去。"他肯定是要求我替他大儿子办事。"

他以前是个勤奋又循规蹈矩的学生，但非常无趣。他倒是能掌握整个经济形势，但却没有能给出正确判断的才能。他没什么幽默感，也不是什么热心肠。他就是那种只能看到自己利益又有点小聪明的人。

意大利咖啡馆周一终于开门了，可是佩德隆兄弟航空公司的销售处还是紧锁着大门。这家公司应该是在放年假吧。真是搞不懂为什么佩德隆兄弟偏偏选在这一月给所有员工放假。

但我还是每天早上九点差五分到意大利咖啡馆用早餐。每当我凝视那个阳台的时候，我总能清楚地记得那个女孩的样子，就好像她的身影刻在了她经过的每一个角落。我仿佛又看到了她的肌肉在她柔美的皮肤下渐渐收紧。我用力想着她的每一个动作，每一个姿态。我记得那个拖把的柄是橘黄色的。我对自己说，能见到哪怕只有一次那么美的女孩，我也真的是太幸运了。能够想她，对我来说都是一件快乐的事。而且，她应该很快就会放假回来了。等她回来的时候，阳台一定会脏得要命……她得花很长的时间来打扫。她不在的这段时间，我就一直安慰自己说：她越晚回来，就会在阳台上待的时间越久。

佩德隆兄弟公司那栋楼的一层有一家理发店。每天早上九点半，都会有一个左嘉那个年龄的女孩准时开门。那女孩很瘦，皮肤古铜色，黑黑的头发扎着马尾。她准是躺在太阳底下看了几个小时的白痴杂志。她常穿一件特别贴身的白裤子和一个露肚脐的短袖上衣。我承认我有时候会透过理发店的橱窗偷看她，但其实对她，我没什么强烈的欲望。就这样看了她几次，我们的目光碰到了一起。她的表情并不友好，甚至，我在她的眼里还看到了几分怒意，好像在对我说，"你怎么还在那儿看，有什么好看的？"她搞不好会以为我是因为她才成天去意大利咖啡馆的。"等左嘉放假回来，误会就会消除了。"我十点差十分才起身离开咖啡馆。临走还不忘最后看一眼那个阳台，默默地注视，就好像是无言的朝拜。

十几天过去了，我的热情开始退去。八月二十八日那个星期三，我差点就在家里喝咖啡了。到了九点零五分，我才变了主意，准备再去一次意大利咖啡馆。当我在常坐的位置上坐下的时候，已经九点十分了。

这一天，我总是盯着步行道上浅褐色的方砖。我不知道看着它们时我在想什么，也不确定我是否在想。我感觉都快睡着了，头沉得马上就要贴到膝盖上的报纸了，我还没来得及打开它看呢。

艾哈斯重重的鼻音把我从昏昏沉沉里弄醒了。

"我就知道会在这儿看到您！"

他点了一杯咖啡，然后用眼神示意我看对面的阳台。

"她还没有来？"他嘴角挂着一丝坏笑。

他看着心情不错——他给人的感觉一直是这样子。

"她在度假。"

突然，阳台里面拉门上的铁窗卷了上去，一个又高又壮的年轻男人出现在我们眼前。他走到阳台上，又倚着栏杆俯身向街上张望。他没待多久，就又回到办公室里，并拉上了拉门。我费了好大力气才向艾哈斯掩饰住了我看到这一幕时的惊讶。我特别伤心，又很生气，感觉自己被骗了。艾哈斯还是猜出了我的心思，他把手放在了我的肩膀上，就像第一次那样对我说："拜托，教授先生……"

这时要不是我在步行街上看到了左嘉，艾哈斯那个动作，还有他那个父亲对儿子讲话的语气早就让我火冒三丈了。左嘉正穿着那条淡黄色的裙子。她比我想象中长得还要娇小，她真的是太美了。她的脸颊有点圆，但她的眼神里并不是孩子的稚嫩。路过咖啡馆露台的时候，她朝我这边瞥了一眼，随后就进了他们公司的大楼。她穿的是白色平底鞋。

此时的艾哈斯正在读报纸，他没有注意到左嘉，或者并没有认出来是她。我满怀期待等待她从阳台出来，她一定会去打扫，至少也应该去浇一浇缺水的植物吧,但是她并没有。十几分钟之后,我才在他们公司的大厅又看到她的身影,她的后面跟着一个年轻男子。他们两个都抱着大大的纸壳箱,左嘉看起来心事重重。

他们向广场的方向走去。当他们到了意大利咖啡馆的拐角处,我对自己说,我可能再也见不到她了。我想跑过去抓住她的手,和她讲话,但可恶的是,我现在的状态不适合跑,甚至不能起身。

"您看到这个了吗?"艾哈斯对我说。

在报纸的经济增刊里,有一篇文章讲的是私人航空公司的巨额负债问题。副标题里谈到了佩德隆兄弟公司的破产清算。我是多么想能够帮助佩德隆兄弟公司还债,好让他们的公司不关门啊!不幸的是,我一个教书匠,心有余而力不足。

"您很失望吗?"

我没有回答艾哈斯。他不是我倾诉失望心情的理想人选。我改变话题,主动让他跟我讲讲他那个想在大学做助教的大儿子。

"他二十五岁了,您呢?您是什么时候开始执教的呢?"

"二十四岁。"

我猜他正在心里计算着我的年龄。他肯定应该知道几天之后,学校就要庆祝我从教五十年了。

"没错,我七十四岁了……我还是会因为再也见不到这个女孩而心里很难受……非常难受……这让你很吃惊,是吗?"

他的头微微点了一下,脸上没有任何表情。我想,这一次,他在认真听我讲话。

"我老了,这一点我不否认……当然了,我又怎么否认得了呢?然而,我还是会被同一类女孩子吸引……我的眼睛并没有老啊，艾哈斯……你或许不信，可是眼睛是不会老的。"

我盯着空空的阳台和几近枯萎的植物又看了好长时间，当我回过神来，觉得也看够了，就起身，急冲冲地离开了。我再没说什么，连"再见"也没对他说。我没有付那杯咖啡的钱，哦对了，我甚至忘了喝。

阿拉斯加鳕鱼

我非常喜欢意大利面。如果把我喜欢的意大利面堆在一起，应该有蒙马特高地那么高了。每当我看到蒙马特高地上偶尔的飘雪，我都会幸福地想到奶酪碎末，洒在意大利面堆成的山上，那画面实在是太美了。如果出于什么原因，我要被吃掉了，我希望会有意大利面来点缀装我的盘子。

但我又觉得把我放在汤里也没有什么不好，因为我也挺喜欢喝汤的。我的肉在汤上漂的样子让我想到爱琴海上漂着的岛屿。我的童年就是在爱琴海上度过的，所以我觉得这种回到源头的死法不错。我会感觉自己的存在圆满了。

但是，我不确定自己会好吃。每次我咬到自己的舌头，都有想吐的感觉。我停止啃手指甲的主要原因是我被自己恶心到了。我抽烟也抽得很多，我的脚趾头搞不好都可以闻出烟味来。我的脑子的状况应该也不是太好。它太长时间沉浸在阴暗的想法中，味道应该会有些苦涩。此外，我的记忆力也在减退。就像阿拉克西米尼说的，"记忆是思想的香芹。"我的脑子吃起来应该会有些平淡无味吧。

我这一身经过岁月洗礼的肉还是有一个优点的，就是熟得会特别快。在我看来，每一面煎上个四分钟就足够了，就像阿拉斯加鳕鱼一样。烹调我的人会不会好心到在锅里倒点橄榄油呢？这样我会有回家了的感觉。

说实话，我不太看好自己会出现在饭店的菜单里。吃饭的客人会大声地叫老板："喂，安托万，你给我们上的这是什么菜啊？"安托万就会不得不把我扔到一个大塑料袋里，连同当日推荐菜的剩余物和几颗橄榄。如果我还有一口气的话，我会尽量把那几颗橄榄摆成一串希腊项链的模样，这样好消磨一点儿时间。我希望那个塑料袋是蓝色的，好让我想起蓝天。

事实上，我只有在给穷人吃的免费餐里才可能被接受。对于像我这样博爱的人，终结在爱心餐厅里似乎不是一件坏事。如果我的头最后成为一个漂亮女人的盘中餐，如果，习惯力真的像人们所说的那么强大，我应该还会在盘子里面对她眨眼睛吧。

有一件事情，是我无论如何都要避免的，那就是被法国极右党派的人吃掉。他们常常搞一些乡下聚会，例如在薇姿。我绝对相信他们会用敲核桃的锤子把我砸得粉身碎骨，再端至桌子上。如果我不幸还没有熟透就被端上来了，他们一定会用发电装置把我电到熟。

我知道我身上唯一能吃起来还不错的地方。我不喜欢吹牛，我承认这个地方不够弄出一盘菜的，应该就够一个拼盘，或者说一个开胃菜，如果可以这么说。我希望是一个漂亮的褐发女人在一个夏夜的海边吃掉它，最好是配上一杯茴香酒。当然，我很惧怕她把我那个部分切成小片的时候，切完之后，肯定会看起来像猪肉干香肠吧。但不管怎样，当她听到我呻吟的时候，那应该不只是因为疼痛。

总而言之,我希望自己在海边被吃掉。孩子们可以利用我的骨头加固他们沙子城堡,大人们可以用我的膝盖玩滚球,当然,所有人都可以把我的脑袋当足球踢。我希望我的头可以以一记漂亮的进球当作对这一生的告别。

镊　子

他把食指伸到鼻孔里，拽出一小堆红色的东西。"好奇怪，"他在想，"平时不是这颜色的。"他又掏了一次鼻孔，这回，他拽出了一个很大的球状物——就好像被嚼过的口香糖那么大。他惊讶地观察着这个球：它也是红颜色的，但上面密密麻麻分布着好多蓝色的血管。好美啊。他小心翼翼地把这个球放在覆盖办公桌的玻璃上，然后迫不及待地继续这个游戏，虽然越来越难掏了，但那些从他鼻孔里挖出来的东西，无一例外，都是颜色鲜艳，令他着迷。

十五分钟过去了，他的面前已经堆了很美的一小坨东西，有几厘米高。他从来没有想过鼻子里会装着这么多东西，以前，他都只是掏出来些不大的脏东西，小到用大拇指和食指揉一揉就不见了。

他决定继续掏，把所有能掏的都掏出来，把鼻子好好清理下。因为他的食指不能再往深放了，他得去卫生间找把镊子去。他还记得卖那把镊子的商店，店员问他：

"您是要大的还是小的？"

他犹豫了一下，回答说：

"给我一把大镊子。"

那把镊子就挂在卫生间的墙上。明晃晃的像一把手术刀。

他回到椅子上，重新开始了他一个人的游戏。这绝对是在法国能找到的最大的镊子之一。他把整把镊子都放到鼻子最里面，也可以说，放到脑袋最里面。真的是比手指管用多了，简直没得比。这回他掏出来的东西个头更大，形状也多种多样，有一个像通心粉，还有一个像蘑菇，哦，接下来他掏出来的这个又黑又亮，像是一颗黑宝石。这些东西大多数粘粘的，很软，但是也有很硬的。在掏出一个硬家伙的时候，他甚至把两个鼻孔之间的软骨割断了。这当然是很疼的，但是无所谓了，毕竟一个鼻孔比两个鼻孔方便作业，这样他可以把拿镊子的大拇指和食指伸到鼻孔里，镊子就能到达喉咙了。

他把之后掏出来的东西摆在之前那一摊的周围。现在，整个办公桌三分之一的地方已经被堆满了。上面的东西看起来像是收藏品，但这又算什么收藏品呢？

他想停止这一切了，因为突然感到一阵无聊的累，非常累。他想找个间歇先睡个午觉，但他知道，之后再重新开始会很麻烦——这已经不再是一个游戏了，这是肯定的。索性就继续做。反正就快弄完了。

他以最快的速度挥舞着镊子，再也不去看掏出来的东西了，直接统统堆到办公桌上。

他要把这么多东西怎么处理呢？他可能会把它们扔到垃圾桶。

要说明一点，就是这堆东西并不是都好看，不止如此，有的甚至难闻死了。说到底，反正不可能封存起来放到天长地久，何不早早就扔掉呢？保存它们，哪怕只是一时，都几乎是不可能完成的任务。而他，已经筋疲力尽了，所以，何必呢？

他应该也没有勇气把这么一大堆东西抱到厨房的垃圾桶那里，厨房在书房的斜对角，这意味着要穿过走廊，门厅……把这活儿留给打扫卫生的阿姨好了，反正她刚好今天下午会来。当然她还需要打扫地毯，办公桌上流下来的厚厚的液体，在地上形成了各式各样的形状，有的像手，有的像脸，有的像岛屿。

他突然发现自己的眼睛和办公桌在同一个高度上了，他从鼻孔里挖出的东西，现在看来，像是丘陵，甚至是大山。他的身高减小了五十厘米左右。"我的身体正在下沉。"他想着。此时，他的身体也在变窄，衬衫上出现了很多竖着的褶子，看上去像手风琴风箱。他解开衬衫的纽扣，看了看自己的胸膛：这简直就是一个没了气的气球。他的皮肤已经成透明状了，看起来非常脆弱，他感觉轻轻一碰或是叹一口气，都能把它撕裂。"我现在不能笑，"他告诉自己。

他把已经很脏了的镊子放到办公桌上，然后把手放到脖子的位置。他已经没有脖子了。他这里的皮肤就像一个圆形的空口袋，这让他想起小时候妈妈给他做的一个假领子。他惊慌失措地发现，他的头现在像橘子一样大。眼睛、鼻孔和嘴几乎挤到一起了。他突然想到，他的头发现在看起来一定很浓密，因为头都已经这么小了。"我现在应该不好看。"

他开始担心，想是不是不应该掏出这么多东西，是不是自己有点夸张了。但，毕竟那些东西也不是固定得很好，最好的证据就是他没费什么劲儿就把它们掏出来了，这些东西和他也并不是长在一起的。早晚有一天，它们也会离开他的身体，只要他用力地打喷嚏或者呕吐就可以做到。不管怎样，现在想把那些东西弄回到原位也太晚了。他笑了笑，因为这个想法让他觉得很荒唐。他连把那些东西掏出来的顺序都不记得了。

要继续掏。他把衬衫脱掉——之前他看起来像一个穿了爸爸衬衫的新生儿——随后，他又继续脱掉了鞋子、袜子、裤子和内裤。他重新抓起镊子，放到嘴里。他感觉得到镊子在肚子里动来动去，太好了，他又抓起了个东西。热情再一次被燃起，他重新开始"埋头苦干"了。现在，他把掏出来的东西都直接扔到地上，打扫的阿姨一会儿会都收走的。

肚子和小肚子被清理好了。他的生殖器——就在下巴下面几厘米处——也被掏空了，现在看起来像一个避孕套。他抬起左臂，抖了抖，把里面的东西弄到肚子里，然后再用镊子把肚子里的东西夹出来。他的左臂很快就成了丝袜的模样，末端还是五根透明又被掏空的指头。他的手现在就像是一个被遗落在外科手术室里的医用手套。他又用同样的办法清理了屁股和腿——他把这些部位抬高，再把里面的东西抖出去……

终于大功告成了。他把镊子扔到地毯上。他身上只剩一层皮和把视线完全遮住的头发。他禁不住想大笑，但是还不行，他还得去一下洗手间。

他慢慢地移动，非常地慢，用只剩下透明皮肤的"手"扶着，坐上了椅子,但很快又滑到了地上。他一动不动在地上待了一会儿,然后开始在地毯上爬行——这样的爬行让他感到了一丝快乐,这是一种小时候才有的单纯的快乐。他终于爬到了卫生间,幸好,门是开着的。

他好不容易爬上了洗脸池,用四肢把自己固定好之后,又用双手握住水龙头的把手——这是一个新款的固定在洗脸池上的水龙头。他往下拉把手,却没能掰动。他继续试,用尽全身的力气,最后的力气。

终于,水哗的一声流出来,并且流得到处都是。水流像一只性感的手,轻轻撩动他吹弹可破的皮肤,他浑身一酥,跌到池底,转瞬就不见了。

热气球

有人让我解释一个词，又不告诉我是哪个词。我也没有因此而退缩。任务越艰巨，我越感到兴奋。如果告诉我是哪个词了，恐怕我会觉得被限制住，被算计了。现在，我的思绪在词汇之海上游荡，好像坐在热气球上一样。

这个词是阳性的还是阴性的呢？我觉得这并不重要。有时候两个同义词是不同词性的，这并不罕见。

在这个词被创造出来前，人们就已经酝酿了一段或长或短的时间，这证明了这个词是真正被需要的，除非考虑到没有这个词的时候，人们活得也挺好，就像有了这个词之后，也没有什么大的改变。实际上，和所有词一样，它有好的一面，也有坏的一面，它能够把一种想法表达得更清晰，也能够词不达意，造成误会。

热气球升得越来越高了。我被自己这种"空穴来风"的能力，吹得时不时有些头晕。

这个词也会有过时的时候，那些曾经被广泛使用的词汇，例如"永久"，现在已经不那么流行了，并且给人一种时日已尽的感觉。这样的词在日常生活中已经鲜有人用了，只是还有一些退休的老教授在经常使用罢了。

热气球继续上升。就在刚才,我的周围出现了好多长得像长音符的鸟儿。现在它们不见了,除了我脚下黑压压的词汇,还有远处闪烁着波光的大海。在海的那一头,好多希腊单词似乎就要清晰可见了。我想那个词必定是一座岛屿的名字。